U0910972

JAPANESE TRADITION

传统即创造

[日] 冈本太郎 著

曹逸冰 译

新 星 出 版 社 NEW STAR PRESS

新经典文化股份有限公司
www.readinglife.com
出　品

绳文之美

潜藏在血肉中的神秘激情

藏于东京大学人类学教室，山梨县出土（上）[1]
藏于东京国立博物馆，长野县出土（下）

藏于国分寺町文化遗产保存馆，
东京北多摩出土[2]

藏于东京国立博物馆，
东京北多摩出土

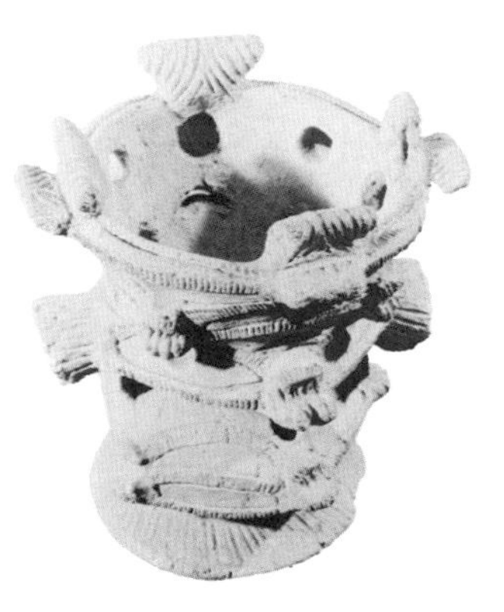

藏于东京大学人类学教室，
琦玉县出土[6]

藏于国分寺町文化遗产保存馆，
东京北多摩出土[7]

在现代人眼中，这些文物的形态着实怪奇。但这种压倒性的强势，正合乎日本人的祖先引以为傲的审美观念。直至今日，这观念仍然潜藏在我们的灵魂深处。

你能感受到那令人战栗的共鸣吗?

这种强烈的美学观感甚至让人体会不到所谓的日式风格。希望我们有朝一日能够将它拾回。

藏于明治大学考古学陈列馆，千叶县出土[3]

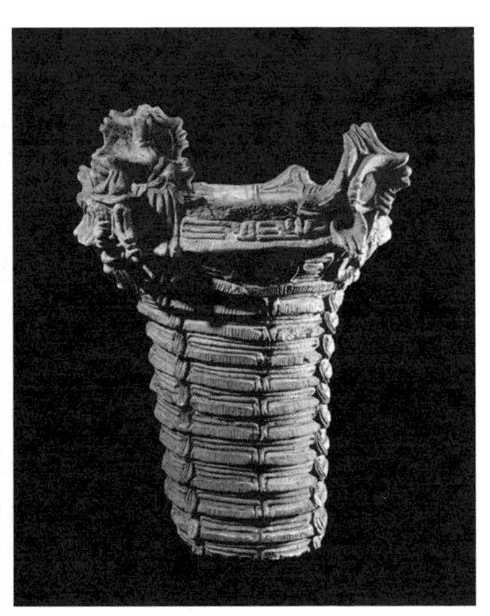

藏于东京大学人类学教室，富山县出土[4]

藏于明治大学考古学陈列馆，秋田县出土[5]

把手

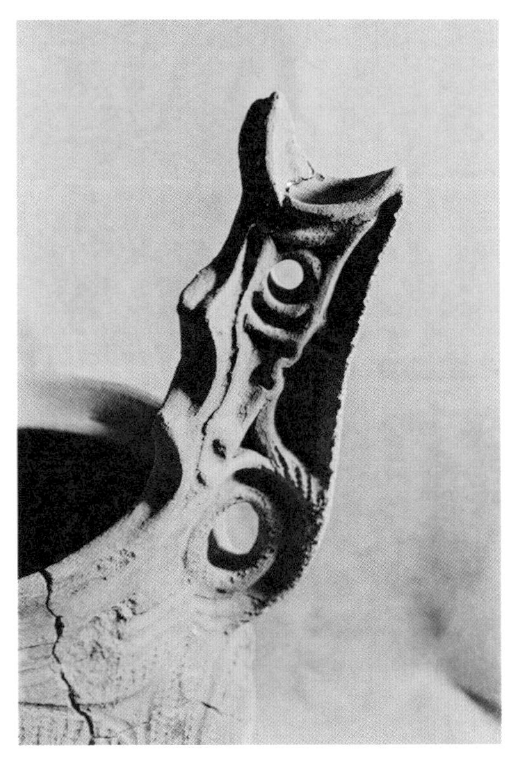

神秘的海底，错综的迷宫。这些厚重的表情都在把手上体现，甚至表现出超出这一层深度的、令人惊愕的空间性。

藏于东京大学人类学教室，山梨县出土[8]

平静中蕴藏着激烈，让人联想到猛兽庄严的生命力。

藏于国分寺町文化遗产保存馆，东京北多摩出土[9]

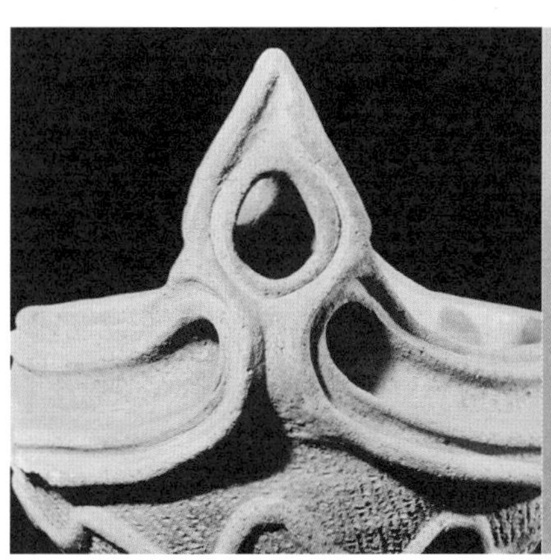

纹路

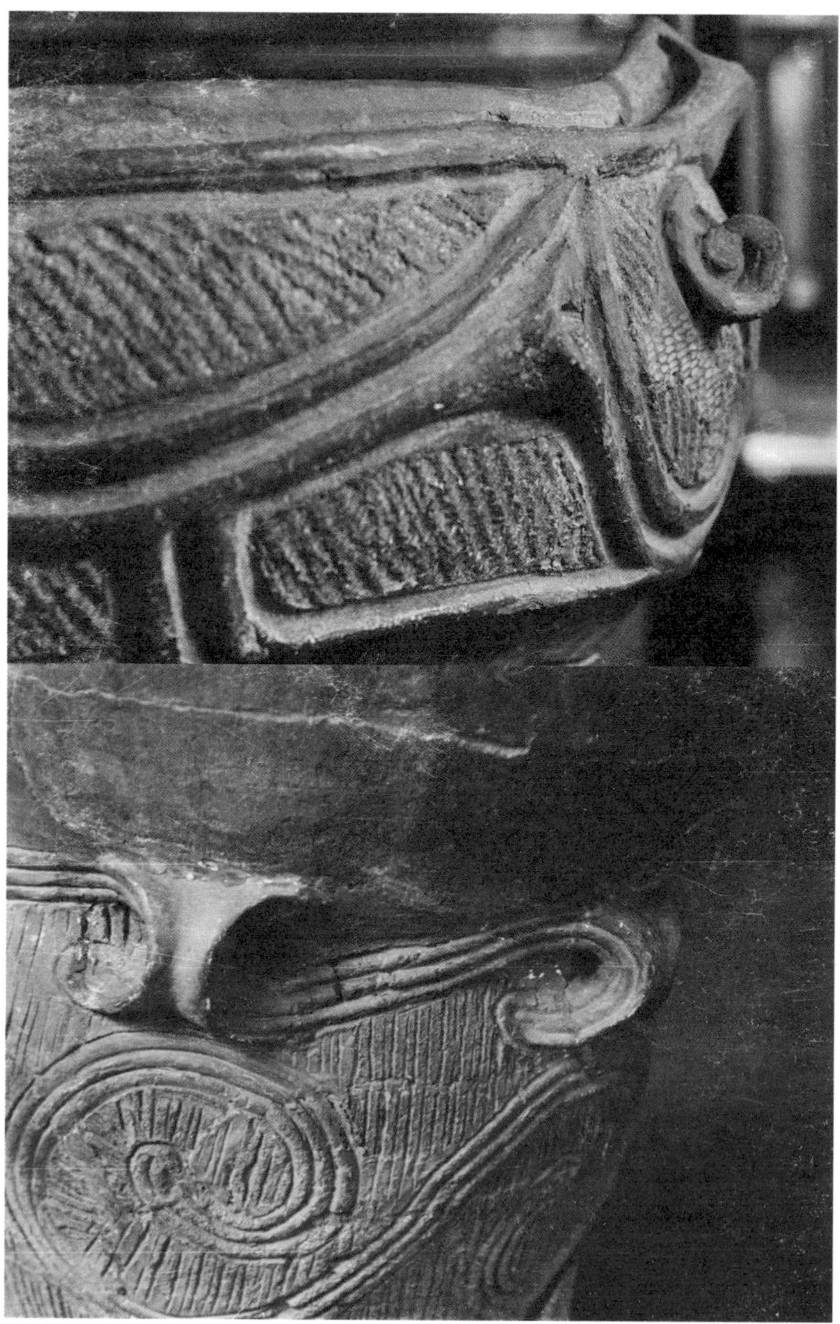

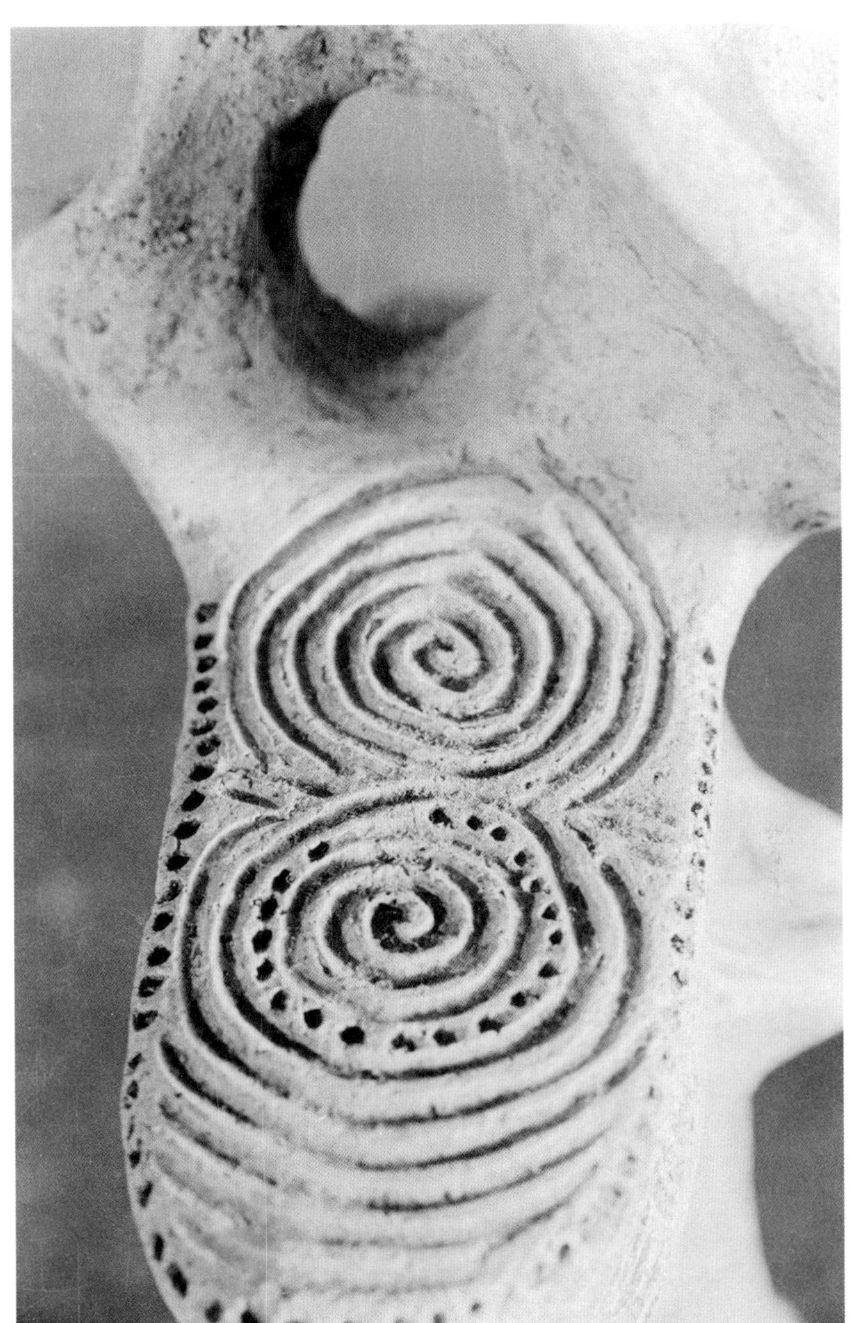

弥生土器

从时代层面看，弥生土器与绳文土器一脉相承。但弥生土器美的形式截然相反。绳文以空间性和激烈见长，而弥生的形态更规整，美在几何学层面的均衡与柔和，正是今天人心目中日式美学、日式传统的起点。

同样的民族，不同的审美。如此令人惊愕的差异是怎样产生的？其背后自然有框定差异的社会条件。

藏于东京国立博物馆，
三重县出土

藏于东京大学人类学教室，
名古屋热田出土[10]

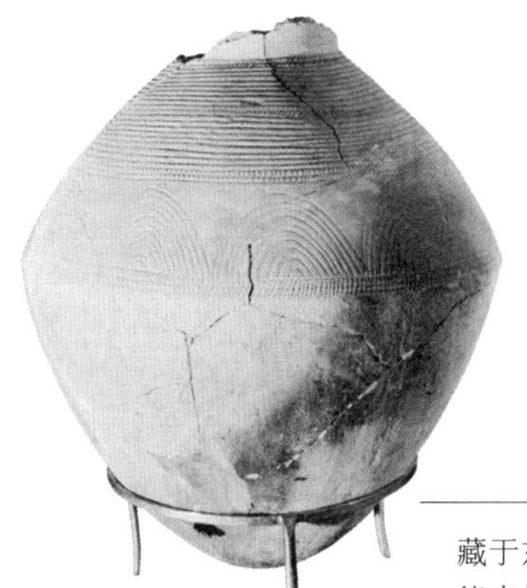

藏于东京大学人类学教室，
熊本县出土[11]

藏于东京大学人类学教室，长崎县壱岐出土[12]

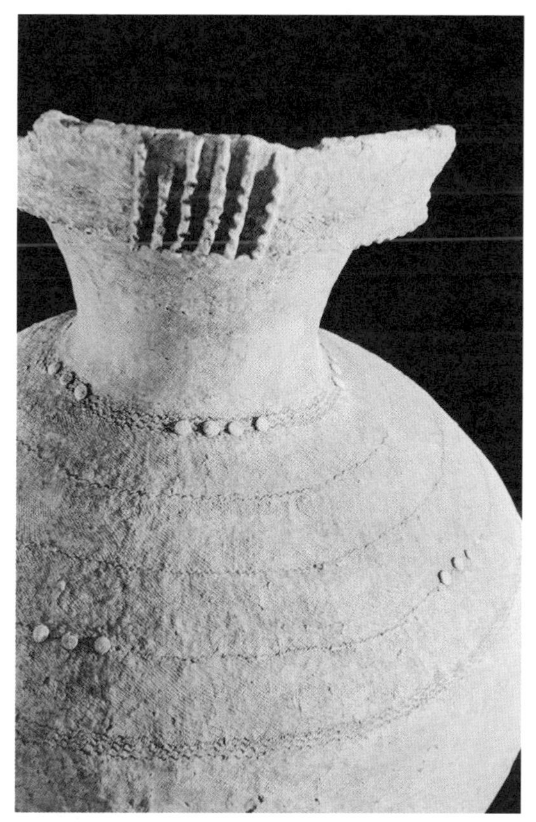

藏于明治大学考古学陈列馆，东京板桥出土[13]

土偶、土面

右下的侧面

藏于东京国立博物馆，
山梨县出土

藏于明治大学考古学陈列馆，千叶县出土[14]

藏于明治大学考古学陈列馆，
青森县出土[15]

藏于明治大学考古学陈列馆，
千叶县出土[16]

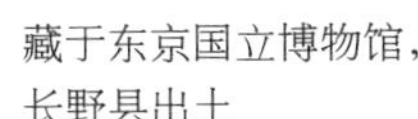

藏于东京国立博物馆，
长野县出土

藏于东京国立博物馆，长野县出土

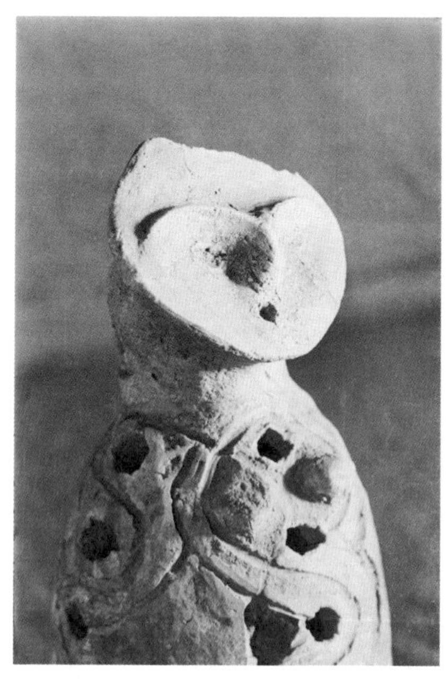

横滨市出土，池田健夫收藏[17]

群马县出土，山崎义男收藏[18]

藏于东京大学人类学教室，青森县出土（正背面）

亚洲的共鸣

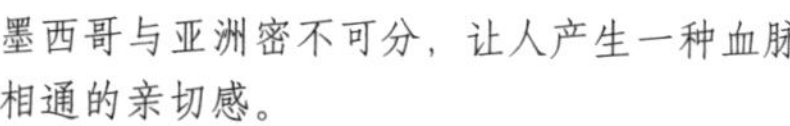

墨西哥与亚洲密不可分，让人产生一种血脉相通的亲切感。

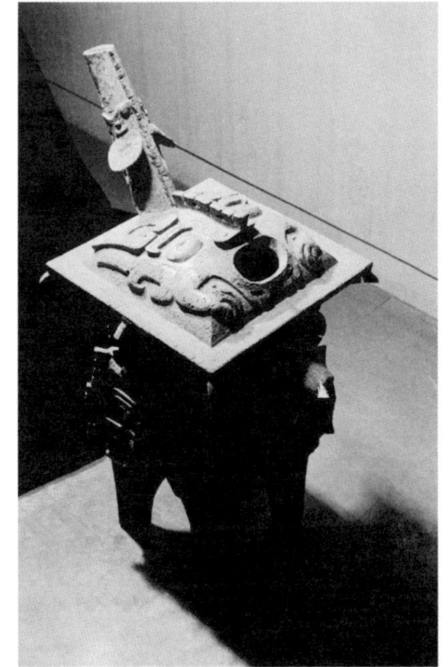

	1	4	5
3	2		6

1 乌斯马尔玛雅文明遗迹。2 夸特里姑像，藏于墨西哥国立人类学博物馆。3 奇琴伊察遗迹。4 、5、6 中国商朝铜器，藏于东京青山根津美术馆。

光琳

《燕子花图》屏风（上）20

《红白梅流水图》屏风（下）21

庭园

京都大德寺孤蓬庵入口

石

历史悠久的庭园中，最吸引人的莫过于石头。它们形态各异，个性与作用各不相同，让观者为之倾倒。石头带来感动。映出自然美的石头，精心搭配的石头，抚慰情绪、让人平静的石头，有威慑力的石头，种类不一而足。

这些照片没有刻意分门别类，都是参观庭园的过程中，我用照相机捕捉到的。我从中随意选了几张，从页面效果出发进行了一番编排。照片比实景更有现代感。不过经典总是需要从新的角度去审视。

孤蓬庵飞石

京都表千家蹲踞

京都龙安寺雨水沟

京都本法寺庭园，据说是模仿日莲修建的

京都鹿苑寺飞石

<table>
<tr><td>1</td><td rowspan="1">4</td><td>5</td></tr>
<tr><td>2</td><td colspan="2" rowspan="2">6</td></tr>
<tr><td>3</td></tr>
</table>

1 京都二条城石墙。2 京都西芳寺开山堂前石阶。3 大德寺孤蓬庵石墙。4 表千家露地。5 福井县朝仓家宅邸遗址。6 西芳寺池畔凹陷处。

瓦解

突然裂开、崩塌的瞬间，巨大的石块会显现最激动、猛烈的表情。

西芳寺向上关（门）通往洪隐山的石阶

雕刻石材

1 鹿儿岛市矶御殿（岛津氏府邸）石灯笼。2 大德寺孤蓬庵“露结”洗手盆。3 孤蓬庵石灯笼。

银沙滩独具魅力，能在狭小的庭园中无所顾忌地打造出意料之外的恢宏。

京都慈照寺银沙滩

龙安寺石庭

树

在我看来，树永远与石相对。有机与无机、生与死的世界，就在它们之间安静而顽强地斗争着。

植物生长过程中侵蚀、颠覆着石块。破坏与充实，均衡与灭亡，慰藉与恐惧——庭园就是一个缩小的斗争舞台。

京都妙心寺退藏院庭园

奈良当麻寺中之坊庭园，相互纠缠的树根

水

据说日式庭园的水，比假山、树木的历史更悠久。我们的祖先渡过海天一色的汪洋，来到这座岛国生息。这场远古时代的冒险可谓是民族的象征。为了纪念这段岁月，先人在庭园中设置了池塘。池中必有蓬莱山和夜泊石，喻示古人连夜行船，穿越重洋，经过一座又一座岛屿。这些传统都是历史的佐证。

池塘不仅是表现美感的装饰，也不单纯是水本身韵味的体现。池塘中藏着诗意、怀旧和神奇。

西芳寺黄金池夜泊石

1 | 3
2 |

1 大德寺大仙院枯山水。2 野村府蹲踞水渠。
3 鹿苑寺龙门瀑布。

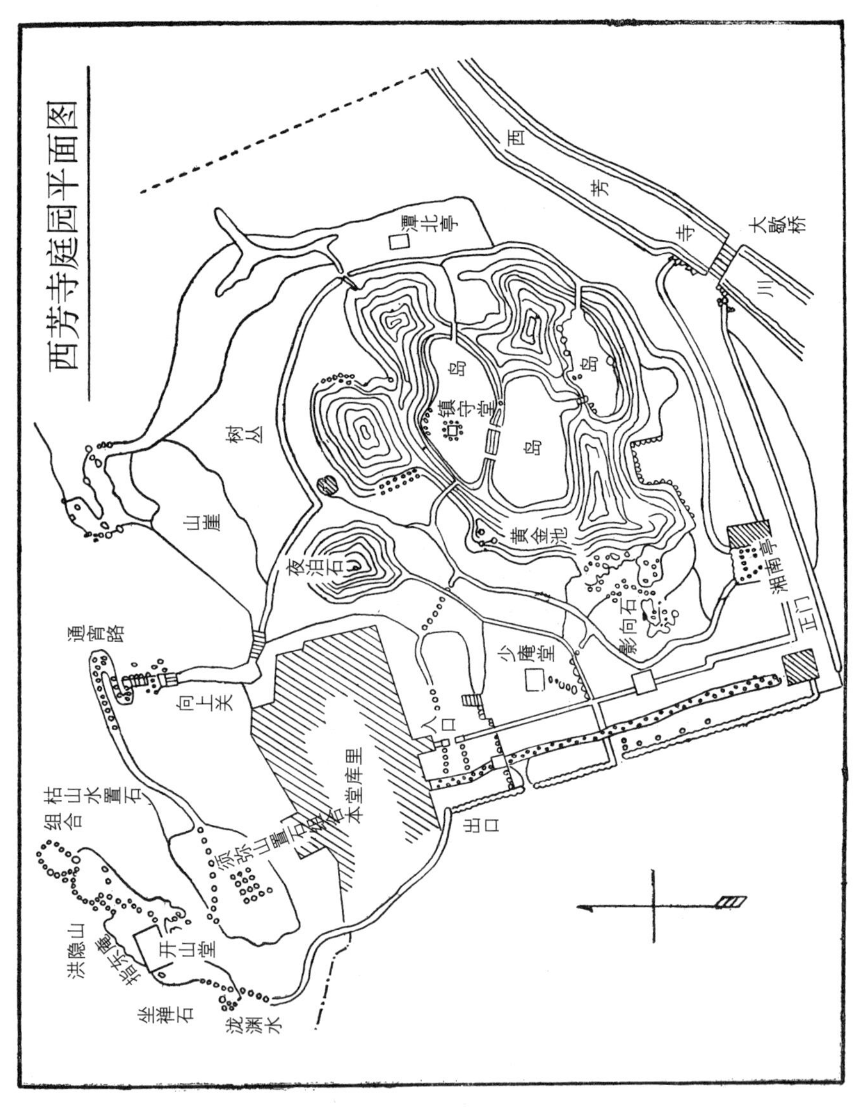

※ 书中图注写明了图中文物拍摄时的收藏地址，其中部分文物在 2005 年 3 月本书日文版出版时收藏地发生了变更。此类文物图注以角标标注，变更情况参见 p.283“文物所在地变更一览”。

序言

近年来，世道逐渐陷入一种莫名的平静。人们不是在与新事物的碰撞中不断前进，反而缺乏朝气，仿佛一切都在后退。在时代潮流的影响下，大家好像越发关注起古旧的文化来。

然而，这不一定是好事。因为这意味着时代在倒退，沿着不会孕育出任何新知、毫无意义的轨道接连后撤。但我们决不能退回那个阴暗、潮湿的日本。

越是这种时刻，越要摆正对待传统的态度和思路。

这是我们的当务之急。当然,新艺术的问题也与传统密切相关。

在前一本著作《今日的艺术》的最后一章，我提到了错误的日本主义与传统主义，搁笔之前，还着意强调传统应当由活在当下的我们重新创造。在本书中，我将进一步论述这一观点。

重新审视传统是我写作本书的初衷。

人世间没有比似是而非更“非”的东西，传统主义对传统的误读同样无人能及。打着历史的旗号侮辱现实，是最反传统也最卑鄙无耻的行为。对这种风气的愤怒驱使我提笔写作。希望大家像读《今日的艺术》一样，怀着满腔严谨与激情，正面对抗这种“传统论”。

当然，还有很多和日本传统有关的重要问题需要我们关注。人们随意翻过的历史书页中，还有许许多多有价值的东西遭到埋没，无法呼吸。只有从新的角度去发现，才能使它们焕发生机。

我们应该从更全面的角度展望、重组它们，让它们在新鲜的体系中释放光彩。

这项工作需要我利用作画和对抗生活的间隙完成。对我来说，要做的事情都面临同样的问题，每一件都不能拖延。体系化是今后必将面临的重要课题。我愿借此机会提出疑问，将它掀起的波澜摆在自己和他人面前。

我希望把本书打造成重新发现古代遗产价值，赢得新时代的武器。

为了更加明确地佐证我的观点，并一以贯之，书中的土器、铜器和庭园照片都选自本人拍摄的作品。

感谢东京国立博物馆、国分寺町文化遗产保存馆、明治大学考古学陈列馆、东京大学人类学教室、根津美术馆慷慨提供宝贵史料。

一九五六年八月十五日

冈本太郎

第1章

传统即创造

人力车夫与评论家们

这件事发生在很久以前。

广播电台放了一档录播节目。一位做过人力车夫的嘉宾扯着沙哑的嗓子追忆当年的梦想，他和主持人的谈话大致如下：

“人力车是个好东西啊，可惜这年头找遍世界都找不到喽。”

“人力车好在哪里呀？”主持人问道。

“这还用说吗！汽车啊，你想想，它一点意思也没有。还是当年好啊。明月当空的夜晚，拉着漂亮的艺伎在月下漫步，那滋味，别提多美妙了。

“走小道的感觉就更爽了。人力车多灵活呀，再窄的路都进得去。出租车就不行了，怎么开得进去啊，哈哈哈哈……

“反正啊，人力车就是世界第一！”

车夫的语气中透着一股实诚劲儿。可主持人一问：

“大叔，那您现在做什么工作？”

他竟回答：“哦，我现在是中野车站门口的出租车调度员。”

敢情笑点在这儿呢。

我捧腹大笑，眼前不禁浮现出那群打着传统艺术旗号、自比权威的评论家的嘴脸。未免有些失礼，但对话听着太好笑了。

这就好比不久以前，这群人干的也是拉人力车的营生。可是战争结束，时代一变，他们便跑到某个文化中心门口，当起了出租车调度员，还不时仰望明月，飘飘然感慨一番。不过近年来局势有变，他们大有一副要让陈旧的人力车重见天日的架势。

真是滑稽。如果只是自顾自地荒唐，我当然没有意见，可事实是他们给自己贴上“文化权威”的标签，还怂恿别人一起荒唐。那我就不能坐视不管了。用人力车打比方也许还能一笑了之，若换作奈良的佛像、桂离宫或能乐，就没人笑得出来了。

传统的确是我们的血液，也是骨架。如果当代人能从中解读出乐趣，传统便成为推动我们不断前进的动力，那当然好得很。

然而，现实是残酷的——很遗憾，大众所谓的“传统”，与上述定义背道而驰。

实不相瞒，“传统”“古典”等词语在眼下最青春鲜活的一代人眼中就是莫名其妙的嚣张、迂腐、烦琐、昏暗，甚至是沉重。

在他们看来，传统并非色彩斑斓，反而阴暗潮湿，与压咸菜坛子的石块无异。

如果他们好学不厌、提升素养、加深造诣，对传统的印象也许会发生变化。但那些不想努力学习，也没有相应能力的年轻人，只怕一辈子都很难和传统沾上边。

即便是有相当知识水平的人，也会像断了线的风筝，被吹向毫无历史底蕴的方向。好比小钢珠、麻将、歌谣曲、脱衣舞……真是要命。

再没有哪个国家的人和日本人一样，明明承受着传统的重量，却在生活中迷失了方向。

显然，这不是古典的内核。

是传统主义者在兜售这种印象，虚张声势蛊惑大众。他们沉浸在兴趣使然的陶醉中，煞有介事地自说自话。让人误以为这种故弄玄虚的态度，就是日本古典的内核。

瞧瞧这段话："来到百济观音面前的一刹那，我脑中响起有如在深渊彷徨的神奇旋律。昏暗的殿堂中白烟袅袅。当烟雾与仿似永恒的观音接触时，我们唯一能做的就是沉默。白烟的摇曳，也许就是飞鸟时代人们苦恼的旋律吧。"① ——搞成这样可不行。二十世纪的现代人、平民大众又不活在飞鸟时代，自然不敢说"不

①引自龟井胜一郎《大和古寺风物志》("大和古寺風物誌")。

是这样”。胆子小的人甚至会觉得：老天，不得了！

百济观音的确出色。问题是，“源自大地的永恒火焰”“塑像让人重燃双手合十的冲动”之类的抒情语句，只能让读者联想到作者虔诚的神情，却无法勾勒出观音像的模样，而这正是最关键的。

上述文字就是所谓的“美文”。不过是写字的人文笔好而已，和传统没有关系。

某位评论家的态度更令人毛骨悚然。他在一本传统论著的开头来了这么一段……

刚到法隆寺的中门，他就开始装腔作势地唬人：“这里的空间存在一个神秘之处。沿着这条路往前走，走到顶头，就是那根位于中央的柱子。这扇门好像是给人走的，又似乎将人拒之门外。明明是门，却被堵住；明明是迎接来客的入口，却挡住了去路……仿佛在对我诉说——‘此处是门，但你不能进来’。”

他又道：“虽然是一扇门，却不是单纯、开放的通道，反而暗示着闭锁。它既迎接来客，又拒绝来客。”[①]

看完这段文字，我都傻眼了。莫非这位评论家老师见到的是什么装了机关的门不成？

一般来说，一条“单纯、开放的通道”是不会安门的。人世间所有的门，都暗示着闭锁。每一扇门都有迎接与拒绝两种功能。

①引自竹山道雄《古都遍历》（“古都遍歷”）。

门这东西就是这样。（这么简单的道理，居然也要我解释半天！）

庄严的法隆寺中门并不特殊。去别人家借钱时，小偷要溜进某户住所行窃时……在当事人看来，门都将紧张情绪推至最高潮——不是欢迎就是抗拒。

了不起的大学者在法隆寺前静立许久后发现的玄妙，自然而然带上了传统的光环。大家也跟着觉得权威的言论别有一番深意。真是奇了怪了。

那些所谓的“著作”通篇都这样给读者洗脑，读书成了听和尚念经。听是听不懂的，只能暗暗告诉自己：“那大概是很高深的经文吧！”

但是这类言论能孕育出什么样的传统呢？无非是让古典变得越来越主观罢了。

所以说，他们越是用自己那一套方法假借学术之名宣扬、强调传统，不幸的文化割裂就会越深，我们的传统也会渐渐变得更加陌生。

法隆寺烧得好

现实是残酷的。问问年轻一代对古典艺术的看法就知道了。

光琳、探幽、等伯[①]……恐怕年轻人会将这些人名当成新研发的药物名称吧？达·芬奇和米开朗基罗之类的西方名家，他们倒还知道个大概。这样一来，都不知该说哪方才是下一代人要继承的传统了。

再举个不算新鲜的例子——一九四九年，法隆寺金堂失火，珍贵的壁画被毁。那年，某家报社发起"年度十大新闻"舆论调查。排名第一的是"古桥打破世界纪录"[②]，第二名是"汤川秀树荣获

①尾形光琳，1658－1716，日本画家、装饰艺术家；狩野探幽，1602－1674，日本画家，狩野画派中兴之主；长谷川等伯，1539－1610，日本画家，长谷川画派始祖。
②日本游泳运动员古桥广之进二战后多次刷新世界纪录。

诺贝尔奖”[①]，紧随其后是“三鹰事件”[②]和“下山事件”[③]。法隆寺壁画遭毁明明是我国文化史上的一桩惨事，火灾发生时闹得沸沸扬扬。这样大的事居然只排在第九位，总算勉强入围。（火灾发生后，法隆寺反而受到了关注。假设奈良东大寺大佛殿的年收入是十，法隆寺等在火灾前的收入则是一，药师寺、唐招提寺藏有大量古代美术杰作的寺院只有零点一。谁知金堂壁画烧毁后，游客数量直线上升，竟达到原先的四倍。）

我都能猜出传统主义者会发表什么高见：“这群俗人……”“战后派的人……”“现代的颓废……”他们一定会诅咒这个时代，哀叹今人教养不足。

可长吁短叹又有何用？事到如今再感叹壁画已毁、人们不为所动，还有什么意义呢？一定还有更本质、更迫在眉睫的问题等待我们解决。

把自己变成法隆寺就行了。

失去了宝贵的东西，就应该竭尽全力填补它遗留的空白。更要化悔恨与空虚为动力，创造出比原先更优秀的东西。下定了决心，

---

① 1949 年，日本物理学家汤川秀树荣获诺贝尔物理学奖，成为第一个获得诺贝尔奖的日本人。

② 1949 年，东京中央线三鹰车站内一辆列车在无人驾驶下突然启动并飞驶出轨，冲撞民宅，造成数十人死伤。

③ 1949 年，在日本国营铁路大量裁员的背景下，总裁下山定则蹊跷死亡。

接下来的一切都好办。把创造出来的新事物升华到传统的高度就行了。

只有这种顽强的气魄，才能催生出继承传统最直接的方式。死抓着过去的美梦，闷闷不乐、自寻烦恼，无非是在侮辱当下，让自己愈发贫瘠。

况且，真会为这点小事唉声叹气的人，想到无数消逝的人类文化瑰宝，岂不是要浑身战栗、发疯而死了？

我不为此叹息。非但如此，还要为火灾叫好。大家早已厌倦了贴着注册商标的传统，心思都不在上面了。如果战争与战败能给文化制造缺失明显的断层，给自以为是的传统主义画上句号，短暂的空白与教养的缺失又算得了什么呢？

这不但不是坏事，还是一个绝佳的机会。肩负重任的年轻一代直视传统时不会受任何局限——我们必须为他们创造这样的条件，撰写本书的初衷也正在于此。我要揭下谁都不敢碰触的迂腐面纱，将它摆在众人面前，升级成所有现代人都须面对的问题。

前些天去龙安寺时，碰上这样一件事。在我眺望石庭时，来了好几个游客。他们刚走到方丈[①]边缘，便大声叫嚷：

“是石头！石头！”

①庭园中寺院住持的房间。

多么奇怪的反应和不客气的口吻。正常的日本人绝不会说出这种话，怕不是第二代移民吧？连我这么沉得住气的人都惊呆了。

只见他们一边绕着方丈的外侧走，一边说：

“只有石头。”

“搞什么啊，亏死了。”

这下我就懂了。他们花了一大笔车费，大老远跑到京都的郊区，却发现这园子里只有几块普通的石头。不觉得亏才怪呢。

这座名园的氛围原本严肃而紧绷。游客单纯朴素的价值标尺，却在一瞬间瓦解了凝固的气氛。连我也被感染，明朗的笑意从心底涌了上来。

第一次参观这座庭园时，我也曾因为期望过高而失望。过多的主观论调让我反感，没有看到预期中的严谨艺术。

不过近年来，为了推翻日本盛行的错误传统意识，我参观了古典名胜，中世的庭园也去了不少。探访过程中，我总惯于过度专注地凝视一块石头，百般防备，还是落入了敌人的手掌心。好险好险。大家应该都听过童话故事《皇帝的新衣》吧？故事中的孩子有一双透彻的眼睛，只有他大声喊出：“咦？皇帝没穿衣服！”我们若失去了这样一双眼睛，问题就严重了。

我们荒唐地发现，庭园中不过是普通的石头。但正是合乎现实的“再发现”粉碎了权威与装腔作势的人的论调。近代前所未有的人文传统，也的确从这里起步。

“搞什么啊，只有石头”——也许说这话的游客表现出了处于文化断层的人的空虚和可悲；然而仍有些艺术品足以打动心态平和且随性的人，让他们有触电的感觉，这样的杰作才是“真品”，其中蕴含着传统的本质、艺术的力量。

话说二战前，我刚从法国回来那阵子。有一次，小林秀雄[①]请我去他家做客，展示了引以为傲的古董收藏。他先拿出来三只奇形怪状、通体漆黑的壶。我心想：完了，总得评论两句吧？可我对古董没有一点兴趣，也没研究，是如假包换的门外汉。不过瞧着瞧着，倒觉得其中一件特别有味道，便说：

“这个一定是顶级的好货。”

话音刚落，对方便惊呼：

“哟！亏你能瞧出来！这是扁壶（古朝鲜的水壶形陶器，非常名贵），全日本只有三件，这是其中之一。前后有好几十个所谓的古董专家来我家做客，你是第一个能一眼看出这件与众不同的人。”听到这话，我比他还惊讶。接着，小林又拿出一只白白的大壶。我说：“好是好，就是壶嘴有点奇怪。”他更是大吃一惊：“你的眼力真是不得了！壶嘴的确是后来加上去的。哎呀，总算找到知音了……”

① 1902－1983，日本作家、文艺评论家，日本文艺评论界的灵魂人物。

他激动不已，把家里的宝贝全搬了出来。乖乖，不得了……无奈之下，我只得一一点评。小林表示，我说的句句都中，简直神了，我却觉得没什么大不了的。他翻箱倒柜的时候，我看着那消瘦的背影，不禁生出些许同情与悲凉。

人世间的美明明数不胜数，我们却感到厌倦，深陷绝望。

唯有那些对美绝望、厌倦的人，才是真正的艺术家。

坚决当外行

请别误会，我没有火眼金睛。能鉴别古董，也不因为我是艺术家，接受过相关训练。只要够纯真、够诚实，谁都能看得明明白白。

为什么普通人看不出来呢？因为他们明明不在行，却装腔作势充行家，硬要以专家的视角看待事物，捂住了原本不受遮挡、不受传统影响的双眼。

照理说，外行才有真正的慧眼。内行知道的东西太多了，规矩、由来、历史……了解得越多，越容易被牵着鼻子走，看不透本质。换句话说，所谓的内行不过是鉴定家罢了，站在名胜古迹边上为游客讲解倒挺合适，真要插手艺术，可就大事不妙了。

一扇屏风本身的艺术价值，与是否出自宗达[①] 之手没有任何关

①表屋宗达，生卒年不详，日本画家，与尾形光琳并称日本近代初期画家的代表人物。

系。无论真品，还是误传导致的赝品，好就是好，不好就是不好。

这种赤诚的“外行慧眼”，是复苏传统，令现代艺术永葆新鲜的根本条件。这才是批评的真谛。

艺术层面的批评只与价值挂钩，重在重新发现价值、创造价值。真正的艺术家必然是批评家，但绝不是鉴定家。艺术家不会、也注定无法对鉴定感兴趣。

然而长久以来，人们一直把鉴定家与批评家混为一谈。今天的大多数批评家都不是在批评，反而是鉴定。自以为“批评”的是作品的艺术价值，还将观点强加于人。所以真假才会变成艺术层面，甚至道德层面的价值标准。

不知大家是否听说过“职业美学”这个词。我曾看到过一本法国的医学书籍，印了很多恶心到令人作呕的病灶照片（比如癌症的病灶），图注竟是：“Voilà un beau cas!（多美的病例啊！）”

我学过一段时间考古，拿起人类最古老的工具——舍利－阿舍利文化造就的粗糙石器时，总是觉得它们很美。

每个专业领域特有的感动与乐趣，都能让人感到某种美学层面的震撼。古董的美学给传统主义者带来的陶醉也差不多。古董鉴定家发掘出一件历史悠久又有来头的文物时，定会如痴如醉。要是这件古董能让他大赚一笔，它的美必然更加耀眼。

若是科学家大喊一声“太美了”，不会有人认为他是在为艺术感叹。然而，一旦涉及古代美术作品或古董，人们便很自然地认为“专家”点评的是其艺术价值,这着实是一桩怪事。更要命的是，鉴定家式的观点往往被视为“权威意见”，横行于世。

因为日本的传统几乎从未鲜活地走到艺术家的聚光灯下，上述不幸局面才会发生。我们的文化被所谓的传统主义者和与传统八竿子打不着的小钢珠族、麻将族生生割裂开来。传统本该是属于我们这些普通人的，应该杜绝个别专家打着权威的旗号指手画脚。换言之，我们应该夺回传统，切莫将它交到那些不折不扣的外行手里。

哪怕战后派没有一丁点传统艺术素养，只要让他们与艺术直接接触，要不了多久，连他们本人也不曾觉察的激情便会无条件地高涨，冲破考证与教条的束缚。如果这就是我们的正确传统——

日本的古典文化，就是与我们一脉相承的祖先的遗产。不论好坏，无时无刻不在向我们抛出问题。

以我自己为例。日本传统艺术与中国商周时期的传统艺术（p.21）同为东方文化，但后者给我带来更大冲击。古埃及、古墨西哥文化（p.20）的魄力，对我的吸引力也极大。它们的魅力是压倒性的，能引发让心灵剧烈震颤的、深层次的人性共鸣。

相较之下，日本的传统就很难引发如此强烈的震动，有时还给人气力不济的印象。然而，在面对日本的古代美术作品时，我仍感到它们将关乎自己命运的课题摆在了我们面前，有时甚至品尝到某种难以自抑的厌恶。不过我也能感知该如何接纳它们，又如何将其推向前方；这是超越美学感动的因果循环，还伴随着肉身的重量。

无论如何，这都与当下相关，是这个时代的人们要面对的课题。过去只能帮助我们嚼碎现在、跨越现在，是让现在更紧绷、更闪耀的契机，是推动现在飞向未来的谈资。重要的还是我们自身，而不是被品评的遗物。

传统跟银行存款差不多？

我们必须明确树立上述原则。这是理所当然的。可偏偏有很多人要喧宾夺主，用现在做谈资，给过去贴金。下面这段话就是本末倒置的典型：

> 我行走在奈良盆地。在这从容而悠闲的“国之最美之地”，看到历史的悲喜剧讽刺而毫不留情地上演，不禁意气消沉。
>
> 某日，我在斑鸠里坐上公交车，来到终点站，准备换乘另一条线路……这座小镇的小道狭窄而清洁。放眼望去，尽是朴素的白墙住家。美丽的池塘零星可见。整座镇子由这种沉稳的样式统一起来。在遥远的封建时代，日本一定也有过都市美。

谁知，来到火车站时，我竟茫然若失，呆若木鸡。这一带混沌至极，也喧嚣至极。每家店铺门口都高悬着鲜艳的铁皮招牌，伪装成高层建筑；红色的长条旗帜印着醒目的文字，随风飘扬；敲锣打鼓给店铺打广告的商人衣着夸张，令人为他们汗颜。演奏的响亮乐声震得人头疼。路边有小钢珠店。还有一辆广播车沿着狭窄的道路缓缓驶来，喇叭放着震耳欲聋的乐曲，播音员谄媚地招呼着："居民朋友们——"那语气像在窃窃私语，又有蛊惑人心的意味，噪音让人想起黏糊糊的牙膏。这情景，简直是疯癫的代名词。[①]

他描述的画面不难想象。能写出这种话的人肯定没安好心。这些老生常谈的现象，谁都会批评两句，他何苦要以一腔恶意的激情去描写呢？

这种论调太好写了，简直不费吹灰之力。

然而荒唐的是，这位大学者游览美丽而整饬的小镇时，乘坐的是他极为鄙视的现代交通工具——公交车和火车。我真希望他能找面镜子照照自己的尊容。说句不好听的，他穿的十有八九是土里土气的西装。这号人物跑到"国之最美之地"和斑鸠里瞎转悠，还不够破坏、亵渎当地风光的呢，跟潇洒二字根本沾不上边。

①引自竹山道雄《古都遍历》。

这种人有什么资格用文字抨击别人呢？战后惨淡的车站风景，倒是和他的风采相得益彰。

一个与这幅混乱图景完美契合的小人物自抬身价，一脸嫌弃地嘲笑旁人。这才是最滑稽的闹剧、最残酷的喜剧。

说到这儿，我又想起那位人力车夫的话。载着艺伎，在月色中飞奔——那一定是一场令人怀念的美梦。可惜人力车、月夜和艺伎都已不再。现实生活中只有出租车，而他正是负责调度的人。只要还未认清自己和其他人活在同一个现实之中，还在强装相，他的抱怨就永远是一派胡言。

我也不觉得现世的风景多么美好，甚至的确称得上悲剧。然而，这片令人痛苦、厌烦的风景已经毫无疑问地存在了。木已成舟，你还能怎么样？

岂有此理——与古时候的斑鸠里、巴黎、罗马等整饬精致的城市相比，如今的斑鸠里实在是太丑陋、太混乱，也太疯狂了。

但我会咬紧牙关，决不把这种话说出口。

如果现实如此，那就代表日本的现代文化就是如此，我们必须全盘接受。随意批评两句继而放任自流，才最要不得。首先要冷静地正视现状，这是超越现状的首要前提。正因为现实残酷、令人绝望，才更应该面对它现有的样子，决心从这里出发。在我看来，这就是艺术的问题，这才是对待传统的正确态度。

如果全日本的车站广场都是一派疯癫，我们就应该创造出比现状进步的东西，不断赋予它价值和意义。应该倾注全身心去改变当下，让世界升华到更丰满、充实的层次。只有这样，每个人才会在责任感的驱使下，被愤慨、勇气与激情填满。只有非要做这件事不可，努力才有价值、有意义。

然而，那些所谓的学者却在这一点上敷衍了事（显而易见，他们没为这项事业动过一下小拇指尖）。他们高举古典的大旗，绑架“过去”，好像盛气凌人地贬低现在是他们的特权。他们逃避了今时今日、此时此刻必须承担的责任。今天的“传统主义者”就是这么卑鄙。

我的态度与他们正相反。我始终认为，人们完全可以为了一小部分现在全盘否定过去。这总好过为了抬高过去而敷衍、糊弄、糟蹋现在。

此时此刻我活着，我会呼吸，会动来动去，会犯错，也会随口乱说。但如果没有我这个活生生的人，古典与艺术就不会有任何价值。

过去的遗产之所以好，是因为现在的我觉得它好。我站在今天、立足于这一刻，认可并充分发挥了它的价值。是激情与力量支撑着遥远的过去。从这个角度看，过去分明是倚靠现在存活的。

有些民族有过伟大的文化，却被文化惯坏了，彻底失去创造力，沦为遗迹看守者和导游。稍不留神，我们就是下一个。这种情况我是绝对不能接受的。这样的“传统”，当然也是要打引号的。

斑鸠里也许确实很美。法隆寺也许真的能引来很多游客，营收颇丰。可这并不是“传统的价值”。古板的艺术家总是把传统二字挂在嘴边，小心翼翼地捧着，仿佛那是宝贵的银行存款，需要时就提一点出来，狡猾地照着古物的线条依样画葫芦。这也不是传统。

传统依赖于人。可以断言，传统要靠我们的双手焕发光彩，在此刻创造新的价值。传统就是这样坚强地传承下来的。形式不是关键。应该代代相承的是生命力，是业障因果。

古典就是当时的现代艺术

一切古典，都是各个时代中不惧反对力量、立足于当下、不断充实顽强生命力的精神造就的，都焕发着不仰仗已有权威、不妄自菲薄、尽情燃烧的气息。只有这样的东西才能化为传统，并将传统从精神与肉体的双重层面传递给决意活在当下的我们。

瞧瞧奈良的佛像吧——外壳剥落，变成不起眼的灰色，别说“袅袅升起的白烟”了，有些甚至和风化的桥桁相差无几，简直惨不忍睹。昏暗的殿堂中没有火光，佛像就这么静静地端坐当中遥想过去。但是请别忘记，曾几何时，它们都有金光闪闪的肤色，身披鲜艳无比的油彩，背后伸出一千条手臂探向半空，头周围还有十多张金色的脸孔。除此之外，还有璀璨的宝冠、光环、天盖——那令人倒吸一口冷气的震撼力，仿佛猛烈的原色交响曲。

大家不妨回想一下东大寺大佛。在生产力尚不发达的时代，人们竟敢铸造一尊五丈数尺高的金色大佛。现代人都不一定有这份胆量。这是何等的胸襟和精神啊。

如今，大佛表面的金箔已经剥落，千年的尘埃遮住了它的光彩。但在它刚刚落成，还闪耀着夺目光芒的时代，它的周围还耸立着色彩缤纷的七堂伽蓝，据说上面涂有佐保山开采的五色土，风铎在风中鸣响。在那时，放眼前庭，人人戴着奇怪的面具，身着五彩斑斓、金光闪闪的华服，演奏雅乐，翩翩起舞。广场上人声鼎沸，文武百官皆作唐风打扮。遥想当年隆重而壮观的景象，几乎叫人喘不过气。

古人云："宁乐京师地，好一片青丹。"但那个时代的青丹色是指一种透着绿的浊色，和周围环境一点也不相称，看起来让人不快。再配上暗朱色、桃色，甚至金色，真是碍眼。如此不协调的露骨配色，连我这个接受能力强的人都有些吃不消。

与我们相比，彼时的人们一定也纯真无邪到让人吃不消。看到庞大、鲜艳、光芒四射的东西，竟会生出格外诚实与单纯的欣喜，没有一丁点炫耀或别扭的成分。近代特有的纤弱神经，在他们身上全无踪影。

那么大和民族最古老的文化——绳文土器的美呢？

绳文土器是下一章的主题。它激烈与紧张的空间性空前绝后。那种压倒性的激情是绳文特有的，此后任何一个时代都没再出现。从安土桃山到元禄光琳的文化，对我们来说也是一场华美的梦。

日本的文化有的激烈燃烧、烂漫绽放，有的恰恰相反。中世以后兴盛起来的侘寂文化就是这样。

从镰仓到室町，禅宗一直是时代的精神脊梁。它以“无”为传播方式，从大乘佛教的角度肯定现实，在当时是极为新颖、积极的哲学。艺术革命就在这种思想基础上得到推进。禅宗的艺术手法很细腻，其中也蕴藏着时代的积极性。

现代人视能乐[①]为寡淡、严肃的代名词，然而当年的能乐师则有着过人的积极性与追求实际的顽强精神。他们正视田乐[②]与猿乐(在当时的人眼里，那些是下贱的大众娱乐)，接纳其为真正的艺术。即便被舆论贬低为乞丐所为，他们依然勇往直前。正如我们在《风姿花传》等文献中看到的那样，是他们将能乐升华为高水平的艺术理论与自觉。

茶道的发展亦然。茶道的雏形“斗茶”不过是贵族的时髦消遣。

---

①最具代表性的日本传统剧目形式之一。表演者佩戴面具，精心着装，在几乎毫无装饰的舞台上随音乐与歌舞进行一种极为固定的风格表演。能乐在早期以猿乐的形式体现。到了室町时代，能乐大师观阿弥、世阿弥对猿乐进行改良，使其受到统治者的推崇。

②日本平安时代中期形成的传统艺术表现形式，以音乐和舞蹈为主，源起于种田前祈祷五谷丰登的宗教仪式。后期逐渐没落。

茶人将其升华为“仅煮水、泡茶和品尝”（千利休[1]），赋予以茶为中心的生活艺术价值。在意料之外的地方发现新艺术，和时代的兵荒马乱与血腥激烈碰撞，逐渐确立了茶道的艺术地位。茶人的意欲与智慧是何等宽阔而激烈啊。

能乐师、茶人绝不是传统主义者，而是顽强跨过古老传统的现代艺术创造者。

当然，在他们各自活跃的年代，肯定也有很多推崇过去、对新兴艺术嗤之以鼻的文化人，和今天的传统主义者一样。想当年，歌人还是文坛的主流，他们一心扑在本歌取[2]与题咏[3]上，将真实的感动摆在一旁，一味拼凑经典歌谣片段，杂糅一两笔风情。他们鉴赏《源氏物语》《古今和歌集》等上一个时代的小说与诗歌，还刻意设置各类繁杂的关卡，又是秘传，又是奥义，好不复杂。品香也好，蹴鞠也罢，都有繁复的规则。目的都是原封不动地保留原先的做法。然而，这不意味着他们正确地、坚强地活在自己所处的时代。是以那些旧习也没能长久，没有以传统的形式传承至今。

---

① 1522－1591，日本茶道的鼻祖和集大成者，其“和、敬、清、寂”的茶道思想对日本茶道发展的影响极其深远。

② 日本和歌、连歌、俳谐用语。以从前的歌或句为典据，进行歌或句的创作。

③ 日本和歌创作方法之一，一般指创作者就预先定好的主题进行创作。

背面文化

不幸的是，德川幕府三百年的封建统治与闭关锁国，逐渐扭曲、压制了中世文化的积极性。许多表现形式原本来自艺术家强烈而矛盾的个性主张，但随着时间的流逝，它们还是沦为形式，并且愈发抽象，被逃避现实、利己且小市民式的氛围偷换了概念。

人们不再关注正面，而是将全部注意力集中到背面。相较于生命力的猛烈迸发，细腻的小把戏才是“行家”的象征。艺术朝着花哨、玩味、定式不断堕落。

今时今日，如果我们只是单纯地给这类消极的“背面文化”打上“日本传统”的标签定性定位，那和明治时代有什么区别?

在日本的闭关锁国画上句号、国门敞开后，积极而奢华的西方近代文明强有力地涌入。强健旺盛的气场，彻底压倒了我们。

当然，那时也曾出现对国粹主义的抵触。欧美的科学与人文主义来势汹汹。日本必须尽最快速度调整好自身的特色传统。西方文化的确来到了日本，却呈现出一种极不自然的状态。与之对应的日本主义也有同样不自然的扭曲。

面对阳性的、浓重的西方文化，日本人拿出阴性的、素雅的背面（消极）文化与之抗衡。面对唯物而明快的现代性，人们打着日本文化的严肃旗号，继承唯心的精神主义与形式。

茶道和其他封建艺道都在刻意的复古主义思潮推动下实现了复兴。众所周知，带有形式主义色彩的现代日本画的风行，也是这一时期由冈仓天心[①]、狩野芳崖[②]、桥本雅邦[③] 等人造就的。

我无法相信这种仓促赶制出来的东西。它源于面对西欧文化时的自卑，和影子一样虚幻，不过是缺失了实体的文化背面。

更糟糕的是，这些粗制滥造的玩意儿让日本人从一开始就被传统禁锢，一味将自我挤压到背面。

我说这番话不是为了对比豁达、激烈而天真无邪的正面文化与封建时代以来的背面文化，评孰优孰劣。这两种文化都是我们的过

---

① 1863－1913，日本著名美术家、评论家、教育家、思想家，日本近代文明启蒙期最重要的人物之一。

② 1828－1888，日本画家，被誉为“近代日本画之父”。

③ 1835－1908，日本画家，将狩野派的传统和西洋画的透视技巧融为一体，为明治时期日本画的创新做出贡献。

去。当务之急是拥有一双不受拘束的、诚实的眼睛，以纯粹朴素，却又激烈透彻的态度重新审视二者。与此同时，还要直面当下。正如我反复强调的那样，正确理解“现在”，是一切的先决条件。

我们已经置身于世界的现代史中。无论是现代艺术，还是自然科学，都不可能脱离现代的要求。传统当然也不例外。传统的传承要通过我们完成现实中的课题来实现，需要我们跨越过去的坐标，将传承建立在现代体系中。

空间问题、合理的思考方式、个性与社会自觉……这些都是日本文化中早已退场的东西。即使它们已经不同于过去的日本文化，甚至与过去的文化完全相反，活在今天的我们行动与思考时也不能不作考虑。那是我们必须面对的前提，无法回避。

我们现在必须一并接纳日本与西方过去的传统，并努力克服。没有必要成为国粹主义者，也不用逼自己追赶时髦。历史长河孕育出的高水平文化都必须背负这种命运。不战胜它，就不可能开创恢弘的文化传统。

一切人类能够碰撞、把握、消化的东西，都应该转化成我们的食粮。唯有强健而全面的生命激情，才能成为新传统的证明。顽强战斗，在地面挖出深深的印记，涂下鲜活的色彩。人类的传统，就是在这些印记承受风吹雨打、电闪雷鸣与烈日骄阳的时候传递下去的。

第2章

绳文土器——民族的生命力

不和谐的美

第一次看到绳文土器，你一定会感到惊讶：这是哪里来的野蛮人做的？真是诡异。

殊不知，那都是日本人——我们如假包换的先祖的杰作，是宝贵的文化遗产。听到这话，大家怕是又要大吃一惊，任谁都会一脸疑惑，难以接受。

绳文土器的美感的确不可思议，它的形态与纹路好似粗暴的不和谐音发出的呻吟，它的气魄给人无限的震撼。

隆线纹（将黏土搓成绳状贴在土器外侧形成纹路）猛烈地相互追赶、遮盖、重叠、突起、下降、盘旋。紧张感无穷无尽，近乎执拗，还有一股纯粹、清透的文化底蕴特有的犀利。

绳文中期土器艺术达到极盛，作品呈现出几乎令人窒息的美感。我平时总是强调艺术的本质是超自然的激烈与不和谐，而绳文土器的魄力，甚至让我有大叫的冲动。

绳文土器果真出自我们祖先之手？众人心目中的日本传统是平静、安详而细腻的，绳文土器却和这些形容词搭不上边，甚至截然相反。它们也的确不太受传统主义者和古董爱好者的欢迎。

绳文和此后的时代之间似乎真的存在审美断层。曾有学者认为，绳文土器是另一套文化体系的产物，其制造者和现代日本人是完全不同的人种。

在弥生土器与陶俑中，我们能捕捉到与现代相通的、所谓的“日式审美”。绳文土器却很难让人立刻产生这种联想，因为它们实在太诡异了。虽然学界已经推翻了绳文土器并非出自日本民族之手的猜测，但有人有这个念头也无可厚非。

一九五二年，我首次将绳文土器摆到传统与艺术的层面探讨。当时，大多数人只把它们视作考古资料加以观察，并未定位成艺术的传统，也不觉得绳文土器与今天的日本有直接关联。

现代日本人实在无法接受如此浓厚、复杂、不和谐却又强健的美感，甚至感觉无福消受。于是人们至今仍在纤弱的神经外砌了一堵墙，屏蔽绳文之美，下意识地将它置于传统之外。所以大家承认弥生土器与陶俑是日本的经典，疼爱有加，常把它们印在海报、日历之类的地方，绳文土器却备受冷遇。

诚然，无论从文化史还是形态学的角度来看，绳文文化与之后的文化都存在明显的断层。从弥生时代到现代日本，格外严谨的艺术表现形式一脉相承。但我们不能因此断定唯有继承形式才是绝对的传统，也不能因为绳文土器的样态与之后时代的截然不同，就认为它是与传统风马牛不相及的异物。

我在上一章强调过，传统不是类似形式的不断重复。如果我们能触及绳文土器原始的能量与纯粹，激活、拾回人性本源中不断流失的激情，全新的日本传统将以更加豪迈而无畏的姿态得以传承。这也是我发自内心的希望。

我在欧洲生活过很长时间，习惯了各种冷酷无情、蓬勃强健的传统。可回国后接触到的日本文化，尤其是被贴上传统标签的那些，都那么孱弱与阴暗，着实让人失望。

近世日本特有的自作聪明、单调呆板的情趣主义就更不用说了。瞧瞧被奉为日本古典之最的奈良佛教美学吧。它直接从大陆进口，以豪华与壮观著称，被编入本土传统时，日本还处于相当朴素的阶段，与大陆已臻成熟的文化并不合拍。大陆文化厚重而高高在上的特质，让我觉得不是滋味。把时针再往前拨一些，便是古坟时代土偶文化极度乐天的审美观念。土偶体现的是与现代日本人一脉相通的简明的形式主义，令人绝望。

难道温暾而消极的乐天主义，就是日本文化的宿命吗？让人无地自容的自我厌恶感笼罩了我。

但是初见绳文土器时，我便由衷地赞叹，仿佛五脏六腑都在翻江倒海。片刻后，难以名状的快感顺着血管遍布全身，化为无穷的力量。那不仅是对日本和日本民族的赞叹，我切身品尝到了更为深远的，针对全人类的感动、信赖与亲切。

不过，任凭自己被绳文文化超越现代日本的审美与魄力压倒当然没有意义。必须具体观察，充分把握它的深度，转化为自身的血肉。

先跟大家打个招呼，我不想在此进行考古解说，我国的考古学以缜密的考证见长，在全球考古学界都处领先地位。美中不足的是，日本考古学家总是更注重基于形态、技术的分类与编年，很少从文化与社会学层面审视文物，深挖它们的内涵。受其影响，连普通的外行人都开始装“万事通”了，这可不是好现象。我们绝不能被考证与分类框死，应该心无旁骛地直面土器，牢牢把握它们的内涵。

那就先看一看土器的纹路与形态呈现出的独树一格的（超日本式的）样貌吧。

第一个问题是：如此惊人、激烈而强大的美究竟从何而来？

第二个问题是：为什么如此朝气蓬勃的生命力会突然断绝，被后来居上的弥生土器与陶俑的单调平淡（也就是所谓的日式传统）取代呢?

必须先搞清楚这两点。下面我将对比绳文土器与弥生土器截然相反的形式与表现手法，并分析它们各自的根基（也就是这两个时代的社会条件）。那么就先从这两个时代的生活方式谈起吧。

狩猎时期的生活方式孕育的美学

有必要先了解一下当时的社会背景。

绳文时代，人们以狩猎为生；弥生时代则逐渐形成相当大规模的村落，人类社会也过渡到农耕时期。换言之，两者处于不同的社会生产阶段，生活中人们的世界观当然也大不相同。

狩猎时，人们必须战斗获取食物。追逐、前进、猎捕。跃进与斗争，是贯穿这一过程的根本情绪。这种情绪是动态的，极为激烈、积极乃至残忍。

然而，打猎必然存在不确定性，不可能每一次都获得理想的猎物。有时候满载而归，有时候却连猎物的影子都看不到。打不到猎物，就意味着挨饿和生存危机。反之，打到很多猎物就是天大的喜事，要大肆庆祝。打猎的过程总隐藏着不确定性与神秘。

猎场不是固定不变的。为了搜寻猎物，人必须不停地移动，这就是在探索未知，而且这种探索是永无止境的。弱者会在移动中倒下，唯有强者才有活下去的资格，当时的世界观建立在焦虑、孤独与偶然上。

显然，农耕民族的古板性格也受到了生产方式的影响。农耕民族的生活地点是固定的。（弥生时代，人们已经掌握了用水田耕种的方法，会饲养狗、马、牛、鸡，甚至建立粮仓，巨大的村落成型。已发掘的登吕遗迹就是非常典型的例子。）农耕生活按照一定的规律周而复始，斗争不再必要。基于日历的周密计算与吃苦耐劳，成为那个年代的生存条件。秋天收获的粮食会被储藏起来，确保下一年有东西可吃。除了天灾与饥荒偶然降临，没有其他东西能颠覆人们的生活。在那个时代，支撑世界观的是稳定与均衡，节制与顺从，必然与依赖。

这就是不同生产方式对两个世界的生活情感产生的决定性影响。生产方式就是文化的基础。下面具体分析一下两种土器的形态与纹路。两种文化的性格与世界观，都完美蕴藏在土器之中。

隆线纹是绳文土器最重要的特征。这种纹路激烈且犀利，跃动随意而奔放。顺着线条一路探索，你会发现纹路或时而分开、时而纠缠，或忽然出现……它们穿越了无数偶然与巧合，实现无限的回归与逃遁。弥生土器的纹路温和均衡，绳文土器的纹路则明显体现出一个追捕猎物与争斗如影随形的民族的冒险(卷头:“绳文之美”)。

绳文土器整体形态上特有的不对称性，也给观者带去了异样的冲击。这是一种不协调的动态，土器中总是蕴藏着突破极限的跃动。

观者由此生出一种冲动：必须以某个不匀称的面为起点，绕土器转上一圈。可是一转就会发现，随着视点转移，映入眼帘的是无数超乎想象的景象。

——视野中出现屹立的隆起。目光顺着锐利而粗壮的隆线纹移动，看到线条上升到极限，形成旋涡又突然下降，向左右两侧扭动两三下，再垂直下坠。线条会突然朝意料之外的方向上扬，形成异样的弧度,一点点向上攀爬,以不均衡的状态高高钻过平面、切入平面，又若无其事地回归原先的轨道。

放眼世界美术史，还能找到第二种反美学色彩如此强烈的、能彻底颠覆观者情绪的、荒谬绝伦却又毫无意义的美吗?

面对如此惊人的美，我几乎说不出话来。不仅如此——顺着将纹路串联起来的横线看去，会发现一个把手状装饰，仿佛倒置的钟乳石。说它是“把手状装饰”，是因为相对于土器的体积，这个“把手”未免太小了些;可单纯视作装饰又嫌太大,显得很不协调。层层叠叠、形态怪异的轮廓也透过“把手”的缝隙探出头来，上面簇生的凸起像怪兽的犄角一样相互交错，令人毛骨悚然。

被这种魄力吸引的同时，异样的协调不知不觉在体内产生共鸣。马马虎虎的态度绝对抓不住如此超自然的力量与均衡。无情的不对称。强烈而不和谐的平衡。我坚信，这才是绳文土器唤起的巨大的传统感动，我们必须将此转化成自己的血肉。

超近代式的空间感

更令人惊愕的是绳文土器特有的空间性——几年前，我前往博物馆观赏实物时，发现了这个令人感动的事实。惊人的空间性与近代审美直接相通。雕塑在美术史中始终占有一席之地，但是将长久以来只被视作雕塑背景的外侧空间纳入作品内部，转化为造型元素甚至雕刻空间本身，则是二十世纪前卫、抽象主义雕塑家的伟大功绩。亨利·摩尔[①]、纳姆·加宝[②]、佩夫斯纳[③]、雅克·利普契

① Henry Moore，1898－1986，英国雕塑家，以创作大型抽象雕塑闻名，带空洞、斜倚的人物造型是最典型的摩尔雕塑样式。

② Naum Gabo，1890－1977，俄罗斯雕塑家，俄罗斯革命后先锋派的关键人物，作品将几何抽象与动态的形式结合在一起，影响二十世纪雕塑的发展。

③ Antoine Pevsner，1886－1962，俄罗斯雕塑家，被誉为二十世纪雕塑艺术的先驱。

兹[1]、朱里奥·冈萨雷斯[2]、阿尔贝托·贾科梅蒂[3]、亚历山大·考尔德[4]……他们杰出的空间调度将雕塑推升到新的境界。然而，绳文土器对空间的处理方式在上述前卫艺术家面前有过之而无不及。

石器时代的知识和技术水平有限，可那时的人竟能如此鲜活、利落、完美地把握空间，着实令人惊愕。

该怎样诠释这个事实呢？我思考了事实背后的意义，发现看似神奇，却也没什么不可思议的。

生活在狩猎时期的人，理应具备强烈的空间感。察觉动向、锁定位置并抓住猎物，都需要敏锐的空间感。换言之，狩猎民族正是依靠这种感觉生活的。他们的空间感远超现代人想象也在情理之中。没有建立在空间感上的生活方式，绳文土器特有的精准、细致的空间把握方式便成了无本之木。

这样一来，我会立刻联想到欧洲旧石器时代的克鲁马努人所绘的全世界最古老的画作——奥尔塔米拉岩窟壁画。长久以来，人们一直不明白为何这些壁画能给人巨大的立体震撼。对照绳文土器想一想，倒是顺理成章了。

古人未经开化，知识和技术都停留在非常幼稚的水平，所以

---

① Jacques Lipchitz，1891－1973，美国雕塑家。

② Julio González，1876－1942，西班牙雕塑家。

③ Alberto Giacometti，1901－1966，瑞士雕塑家。

④ Alexander Calder，1898－1976，美国雕塑家，动态雕塑的发明者。

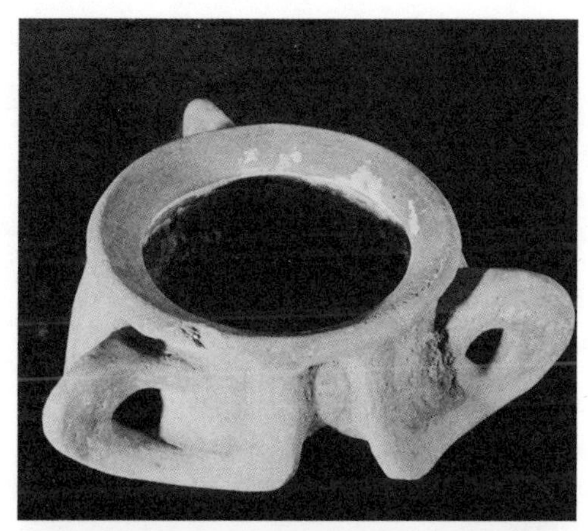

绳文土器，藏于东京大学人类学教室，千叶县出土（上）山梨县出土（悬挂式，下）

他们的艺术也一定单纯枯燥——这不过是现代人的错误观念。格式塔心理学家沃尔夫冈·苛勒与戴维·卡茨提出了所谓的“知觉恒常性”[①]，并通过针对幼儿与黑猩猩的试验，证明人类对空间的把握能力不会随着知识与经验的增加而进步。他们的结论也为我的观点提供了佐证。

接下来，我们从这一层面对比一下绳文土器和它之后的弥生土器（农耕文化）。

弥生时代，技术实现了长足的进步，土器形态也愈发协调。与此同时，强烈的空间感逐渐消失，无论形态还是纹路，都不声不响地变得单一，蒙上了更多的几何学色彩。彼时，人类定居下来，将平地划分成若干区域加以修整，过上了建立在农耕基础上的生活。出现这种变化也很自然。人们的感知能力一旦形成平面的均衡，就会失去立体的敏锐。

“Geometry（几何学）”一词源于希腊语，是由“geo（土地）”和“metry（划分、测量）”组成的。

弥生人展现出高超的平面处理技术，却逐渐丧失了立体感与空间感。诞生于弥生时代的左右对称的平面形式主义与均衡，将会对近世以前封建农业社会的产物，也就是所谓的“日本文化”产生决定性影响。

①指人在一定范围内，不随知觉的客观条件改变而保持知觉映象的过程。

弥生土器，藏于东京国立博物馆，三重县出土

当然，这些都是日本的传统。但绳文土器的积极精神，也应该潜藏于我们的血肉之中。

长久以来，艺术层面被压制与积蓄的激情如一腔热血，潜藏于每个人内心深处，必须拾回这份特有的滚烫与激烈。

今人眼中的“日式”与“日式审美观”都显得有些陈旧了。谁能料想在最遥远的历史源头，绳文土器的积极性与空间感更容易引发我们的共鸣呢？真是太美妙了。

在我看来，这是因为今天的生活本就充满了跨越腐朽与成规的激进气势。

立体的高层建筑拔地而起。交通工具在天空、地面与地下自由穿梭，惊人的速度与绵密的交通网络持续构筑着全新的空间。无论是搭乘交通工具，还是过马路时避让车辆，都需要极为复杂的空间感，否则可能一步也迈不出去。

一九〇九年，法国飞行员路易·布雷里奥完成了飞跃英吉利海峡的壮举。这是一起划时代的大事件。当时，罗伯特·德劳内[①] 创作了一幅由圆盘组成的抽象作品，为飞行员歌功颂德，在艺术界几乎家喻户晓。后来，抽象艺术蓬勃发展，影响了建筑和其他实用艺术领域。现如今，法国和意大利等国涌现出了空间派艺

① Robert Delaunay，1885－1941，法国艺术家，早期受后印象派画风影响较大，晚年则走抽象主义路线。

术家，着实耐人寻味。

人类已把人造卫星发射到平流层之外，制造出可怖的氢弹与导弹，我们平日里的关注，被过分地转向空间层面。

今天的空间，已经不再是形而上学的“天”，而是现实中被人类征服的领域。将空间融入生活的激情，还有对其的感知当然也有了质的飞跃。近代艺术对空间性的再发现之所以合理，正是因为生活已焕发出全新的状态。

也可以说，这种空间感正在重新挖掘一度被我们遗忘的先祖的文化与艺术，并与之共鸣。

巫术的世界

将视线转回绳文土器。

上文强调的是它与近代艺术相通的空间性。然而，现代人只将其视作三维的立体，从鉴赏雕塑的角度去观赏，这未免太过平淡。我更关注土器特有的异样的神秘感。不能只看表面，而要扩大分析范围，认识超越日常规律与自然的另一层面的性格，否则就不可能正确理解它。

我甚至觉得，绳文土器的真面目就蕴含其中。

在原始社会，每一件事都有宗教色彩，有“巫术”的属性，这是社会学者普遍认同的。我之前也说过，狩猎生活会被偶然因素影响。尚未开化的人会就此深信狩猎的结果由某种超自然意志主宰。万物有灵，掌管万物的是灵，人必须仰仗灵的悲悯与助力。

召唤这股肉眼不可见的力量的手段，就是巫术。

对狩猎而言，相比实际动手抓捕的环节，捕猎前后的仪式要关键得多。

首先，人们要用巫术对猎物施法，将它引诱到猎场。如果巫术没有成功，就很难发现猎物，即便发现了追上去，箭也射不中。一切努力都将付诸东流。一旦捕猎行动以失败告终，人们立刻认定族群里有某个人触犯了禁忌，导致巫术失败。也就是说，巫术才是狩猎的首要条件，甚至就是狩猎本身。

抓到猎物后，还要施展收尾的巫术，安抚死去动物的灵魂，以免冤魂报仇，祈祷上天保佑下一次狩猎也能满载而归。要对自己杀死的猎物竭尽礼数，否则神灵就会生气，让大家再也吃不上东西。多么自说自话的想法啊。要知道对动物来说，那些巫术都是多余的。

日本的东北地区至今保留着跳鹿舞的习俗。（戴上鹿的头套，背上插着劈成细丝的竹子，一边甩动竹子，一边敲打拴在腰上的太鼓，绕着全村跳舞行进。）现代人也许觉得那就是普通的节庆舞蹈，跟舞狮没有多大区别，但鹿舞一定是从巫术行为发展出来的，和猎鹿行为密切相关。

阿伊努人的熊祭也非常有名——它还鲜活地保留着古人施法的惯例。一边唱歌跳舞，一边做出象征射杀熊的动作，再把熊真的勒死，对它顶礼膜拜，感谢它的恩赐，安抚它的亡灵，最后才享用熊肉。由古至今，漫长的时间过去了，活动的形式肯定发生很大变化，但习俗明显来源于狩猎时期的巫术祭礼。

出于这方面原因，许多人无视因果关系与逻辑，认定风俗就是原始而野蛮的迷信。但我们有什么资格嘲讽古人呢？今天的我们仍然保留着各种有佛教色彩的活动。祭鳗鱼、祭鸡、祭针，都是原始心性的残留。

原始时代的生活以祭祀为中心。物质生活和精神生活都是由宗教支撑起来的。这当然涉及各个层面的审美观，也必然承载着相应的宗教意义（其实，今天的审美形式也建立在资本主义生产方式上）。土偶、土面、土版（卷头："土偶、土面"）不用说，就连土器之类日常用品的形态与纹饰，都必定承载着严格的意识形态。一看便知制造它们显然不仅为了实用。那复杂、奇怪的绳文式纹路也不单是审美观的产物，与现代的"为了艺术而艺术"一点也不一样。绳文土器包含强烈的宗教与巫术含义。换句话说，它是四维的。

光说这些可能不太好理解，结合佛像分析应该就能想通了。众所周知，有些佛像长着一千条手臂，有些在头部周围有十多张脸。正是这样，它们才能释放超自然的美与庄严。看似牵强，但那不只是为了美或有趣设计的。在教义中，信徒从手指的交叉方法，到身上穿戴的小饰物都有严格的规定（即仪轨）。每一尊佛像当然

绳文时代土面，藏于东京大学人类学教室，秋田县出土[22]

也是根据这些规矩设计打造的。本书最后一章讨论的庭园同样如此。就拿置石组合来说，每个时代都有不同的制式，须弥仙、蓬莱岛、鹤岛、龟岛、主人石等，每一处设计都充分考量过巫术层面的含义，包括吉凶与禁忌。

如今我们还能搞清楚佛像和庭园中的规矩，再过一段时间，规矩背后的含义便会被掩埋、冲淡，只留下作品本身。见到它们，只觉得不可思议。我们觉得绳文土器形态奇异，也是这个原因。

然而，这种神秘不一定是我们能够想象的。原始社会也有神秘观，但在当时人看来，肉眼可见的世界和不可见的世界直接相连，当中没有隔绝。法国著名社会学家路先·列维-布留尔提出的互渗律说的就是这回事——某个种族的人相信自己是人，同时也是袋鼠，并不觉得其中有任何矛盾。这就是所谓的前逻辑思维。

今天要抓的猎物是一只鹿，同时，也可能是一块石头、一个土偶或一个人（甚或某种更抽象的东西）。原始人坚信这几个概念之间存在特定联系，才会认为要抓住某只鹿，就要对某块石头或某个土偶施法。

在我们看来，若让一只鹿同时也是一块石头，必然要借助某种神秘的媒介。但原始人不这样认为。在他们的思维体系中，鹿和石头不需要媒介就可以直接联系在一起。

弑神

联系上文介绍的世界观，绳文土器的纹路一定比现代人想象得更具体现实，也更贴近生活，与其他事物或观念紧密相关。至于纹路的那端连着什么，今天的我们无论如何也不可能搞明白。

然而，我能清楚地感受到激烈而繁盛的神秘美感深处的精神，和跌宕起伏的、戏剧化的本质：狩猎时期的生活方式包含的悲剧情结与矛盾。（如对同一对象爱恨交织、心中同时存在两种相反的情感、十分混乱等。）

对狩猎民族而言，猎物就是激战对象，是必须打倒的敌人。与此同时，人又必须吃掉猎物才能生存，“打不到猎”可以立刻和饥饿、死亡画上等号。换言之，人都由猎物主宰。所以，猎物才会无比神圣，变成原始人心目中的神。

绳文时代土偶，藏于东京国立博物馆，新潟县出土

绳文时代土偶，藏于明治大学考古学陈列馆，青森县出土[23]

猎物是凶暴的动物，威胁人的生命，直接加害于人。但要是不吃它们，就无法生存——“猎物”的概念中包含这一危机，因此原始人才将其视作圣物，赋予宗教意义。

如此看来，原始人无时无刻不在手刃他们不容侵犯的神。相反，正因有了侵犯，神才成为真正的神。

按照今人的常识，上面的内容似乎不太好理解。各位不妨试想：如果一样东西全无遭遇侵犯的风险，人们也必然不会敬畏它、珍惜它。那它又怎么可能神圣呢？正是以侵犯为某样事物存在的前提，使它时刻处于被侵犯的危险之中，它才会升华成“神圣之物”，对“神圣之物”的侵犯也会被视为禁忌。

而且在原始社会中，“吃神”是最神圣的仪式。

比如刚才提到的阿伊努社会，熊是所有神格中的主神，也是人们的主食。对阿伊努人而言，熊还是威胁生命的最可怕的猛兽。

熊祭中，人们用最盛大、最具象征意义的仪式弑神。每个参加仪式的人都会分得熊的血肉，流泪安抚熊的亡魂。亲眼见识一次，你就会明白我所言不虚。

英国民族学家詹姆斯·乔治·弗雷泽[①] 的《金枝》一书通篇都能佐证我的观点，可见全世界任何一个民族的原始社会都存在共通

① James George Frazer，1854 – 1941，英国著名人类学家、宗教历史学家、民俗学家，认为“巫术先于宗教”的第一人。《金枝》是一本关于巫术、宗教和科学对人类思想发展重要性的研究论著。

的情感。因爱而恨、因恨而爱是深藏在人类本能中的矛盾心理。无奈，生活在今天的我们很容易将人类生命中的极致矛盾抛诸脑后。可那才是我们必须直面的本性，也是艺术层面的一大课题。再展开谈就要跑题了，还是另找机会与大家探讨吧。

总之，上面介绍的矛盾规律正是原始人极具悲剧色彩的生存条件。他们认为不举行严肃的宗教仪式就无法打猎。这种观点绝不是出于单纯的功利心，宗教仪式针对的是他们生命中的极致矛盾，是极为严肃的人类活动。

宗教仪式的背后是焦虑与危机。人被强大的矛盾撕扯，又忍受、克服了撕扯的痛苦，显得无比坚忍——据我所知，没有哪种艺术形式比绳文土器更能彰显这样的性格。

看到这里，也许有读者联想到富有近代色彩的人性悲喜剧。但我前面也提到过，原始人的坚持完全不同于现代思维体系中的悲剧与纠葛，它们与物质相呼应，更贴近生活。

原始人泰然自若。正如我反复强调的，他们原始的坚毅与丰盈建立在与超自然世界激烈而真实的沟通之上。自然与人类的生命平衡是神秘的、自然的，是动态的、辩证的。隐藏在诡谲、厚重、猛烈到极点的土器之美背后的，同样是可以用这些词汇形容的、与四维空间的对话。

在这一章中，我们重点探讨了绳文文化的形态及其深处的世界观。不过我的意图不只在此。更切实、重要的问题是“我们能从绳文土器中汲取什么”以及“要在何种层面与它打交道”。绳文土器的确杰出，但它们终究属于过去。我们必须正视今日的现实，活得更激烈、更顽强，将我们的态度充分凝练于艺术中，否则一切都是空谈。

我们无法再与四维空间对话，但可以效仿原始人与超自然界沟通的态度，直接接触同样看不见、摸不着却在现实中向我们强加压力的问题。这些问题不拘泥于美学领域，两个世界的冷战或热战，氢弹突然爆炸，莫名其妙、突如其来的金融危机……这一切就如同原始社会的神灵，在现实中侵扰着我们——且不论此处的“侵扰”是褒义还是贬义。

这些问题与艺术看似没有直接联系，人们往往会将二者分开考虑。这就有了“为艺术而艺术”的迷茫。仅以兴趣爱好为基础的乐观主义美学仅仅视艺术家为工匠，认为他们与社会现实脱节，是封建手工业时代的糟粕。关于这一点，我已经在《今日的艺术》中做了详细的论述。

在如今进退两难的现实中，大多数艺术家仍拘泥于他们的“艺术家意识”，深陷迷茫却百般掩饰自己的无力，一天到晚吊儿郎当。这是何等的不堪。

不直面这些肉眼看不见却分外鲜活的事实，不正确把握它们的意义，不撕裂自己，我们在现实与艺术层面就永远是无力的。

但不能反过来将这种沟通神秘化、唯心化，否则就会坠入形式主义的深渊，那是彻底的堕落。

绳文式原始艺术有非精神主义的性格。各种神秘与超自然元素都泰然而精彩地融入了原始人的生活，并且带有积极的真实性，一点也不唯心。

其实不用我多说,大家看看绳文土器就行了。它激烈却不牵强，美感中没有一丝一毫迁就观者的媚俗。在这种顽强与淡定中，我们完全看不到现代人思维体系中的目的与意义。甚至可以说，这就是无意义的意义。

应该将这种淡定、明朗而爽快的态度引入我们的生活，转化成艺术的内涵。

放眼世界，或者回过头来，聚焦身边的现实。周遭的变化是我们做梦也想象不到的。多年来，情趣主义与形式至上打着日式传统的旗号，孱弱而平淡，毫无突破，逐渐失去了对抗新现实的力量。我们今后必须以旺盛的生命力与智慧打通眼前这条死胡同，吹散封建日本阴暗潮湿的氛围，亲手缔造一个全新的时代。

第3章
光琳——无情的传统

真空中盛放的艺术

年轻时，我在法国生活过一段时间。当时（一九三二、一九三三年），我参加了一场名为“抽象－创造”的前卫抽象艺术运动，一面颠覆绘画领域的自然主义传统与形式，一面探究更新、更具现代性的造型灵感。

某日，我如往常一样走在巴黎拉丁区的圣米歇尔大道，漫不经心地瞥向街角书店的橱窗，竟然看见了光琳的《红白梅流水图》。

这幅画闯入视野，牢牢抓住了我全部的注意力。

我的第一反应是：“从没见过这样的日本艺术。”之所以年纪轻轻就舍弃已有技术跑去法国，投身抽象艺术运动，是因为对以往的艺术形式产生了怀疑与绝望，尤其是日本所谓的“传统文化”，我只觉得孱弱阴暗，厌烦透顶。如果这是早已融入我们血肉的命运，那么当代日本青年必须先将其彻底舍弃、彻底否定——我当时就是这样抵触日本艺术，其中还带有几分自我厌恶。

现在想来，我的直觉是正确的，但不该把所有传统艺术一棍子打死。《红白梅流水图》让我第一次意识到自己的错误。

那幅优美至极的屏风画一点也不纤弱。它激烈、强健、单纯、犀利，美学与造型性趋于完美。

人们总以为点到为止、含蓄、模棱两可、隐晦是日本美术的特质，认为这些代表着灵活。但《红白梅流水图》与这些形容词根本不沾边。画作没有借助破墨的韵味或装腔作势的留白逃避现实，而是正面与观者碰撞，将矛盾推到极限。

它和那些文人画不同，画面充实以致题词的空隙都没有，甚至角落里的落款都可以略去。

邂逅这幅画之前，我从没见过这样勇于与观者正面交锋的日本画。

在巴黎市中心，在这座石头砌成的华美古都，在各种奢华的刺激与噪音之中，光琳的复制画作泰然、犀利而鲜明地存在着。这无疑是一件不得了的大事。

光琳——曾几何时，我的祖国有一位名叫光琳的艺术家，留下了如此优秀的作品。这让我倍感欣喜，并对日本艺术重新燃起无限的希望与激情。

光琳《燕子花图》屏风（六曲一双），江户时代元禄年间（上）

光琳《红白梅流水图》屏风（二曲一双），江户时代元禄年间（下）

当然，光琳的作品有独具一格的日式审美观。它同时也完美契合了世界艺术领域的最新课题——抽象画的造型。对古代传统美术作品产生的感动，也让我重新认识到极力强调近代造型的抽象画结构有多重要。这幅画让我对血脉中的民族性和我当时着力推崇的前卫艺术前进方向同时产生了强烈的认同感。

后来，我在巴黎被德军占领之前逃回了日本。不久后，日本也加入战局，我被迫踏上了漫长的军旅生活。

上战场前的那年夏天，根津嘉一郎[①] 先生在自家府邸展出了许多宝贵藏品，我有幸看到了六曲一双[②] 的《燕子花图》屏风，对光琳的钦佩愈演愈烈。与其他美术作品相比，这幅画的气场更为恢宏厚重，也更华丽。它的构图直白淡漠，不刻意制造任何韵味与机巧，却孕育了惊人的震撼力。

现代的日本式教育，真能让人们充分理解光琳的伟大吗？回国后我经历了很多，每一次经历都让我深刻体会到，组成今日日本文化的大氛围，已和光琳的世界截然不同。

这个疑问，在我脑海中萦绕至今。

光琳生于元禄年间。他创造出绚烂、强大的作品时，日本正

---

① 1860－1940，日本政治家、实业家，致力于学术文化事业的发展。他去世后，后人以他的藏品为基础创办了根津美术馆。

②指六折两扇、凑成一对的屏风，上文中的“二曲一双”则指两折两扇、凑成一对的屏风。

值近世文化的全盛期。近世文化的诞生地京都，是王朝时代到桃山时代贵族文化传承的古都。近世文化需要依托新时代的旗手——正在崛起的町人阶级特有的富裕与新鲜活力开枝散叶。它精彩、爽朗，骨架与肌理和今天的小市民文化截然不同。

不久，日本确立了封建制度，德川幕府对町人的压迫政策也随之显现。尤其是享保节约令[1]颁布后，近世文化的明朗与豪放遭到屏蔽，具有官僚色彩的形式主义大行其道。闭关锁国的影响也在这一时期逐渐凸显。文化失去了发展潜力，生活的活力无处宣泄，一切突然变得寡淡、灰暗。艺术失去了厚重绚烂的气息，格外世故，也愈发纤细。町人阶级当然也反抗过，具体表现为浮世绘[2]版画的隆盛。庶民艺术多姿多彩，但在精彩与爽朗这两方面远不及光琳。

江户后期的政策性扭曲是不幸的。正是这种扭曲造就了当今日本人的品位。达观的韵味，或者闲寂素雅都是消极世故的表现。这本不是日本传统应有的姿态，今日的“权威”却将之奉若正统，大加赞扬，甚至用官僚做派统治艺术创作意识。如前文所述，这才是日本文化的不幸。

---

① 1724 年颁布，禁止奢侈，推行节约，从书信、赠答、婚丧以至日常饮食、妇女服饰等方面的开销都做了详细规定。对一般武士和平民的要求更是涉及生活的方方面面。

② 日本江户时代兴起的风俗画，主要描绘风景与人们的日常生活，是典型的花街柳巷艺术。

受这种风气影响的人，怎么可能正确理解光琳的艺术、真正对光琳产生共鸣？下面就让我们深入剖析这个问题。

一称赞光琳，人们往往会立刻搬出宗达（我在其他书中也提到过）。根据我多年的经验，多数人对宗达的评价更高，看起来也是打从心底里喜欢他。光琳的作品过于厚重绚烂、太有威慑力，讨不到有艺术素养的爱好者的欢心。这个现象中隐藏着一个关键点，我姑且将宗达和光琳比较一番，边对比边分析。

为什么宗达更讨喜？

也许这是因为宗达与迄今为止的日本文化人之间存在某种情感纽带。光琳则不同，虽然也是彻头彻尾的日本人，他呈现给人们的却是一个迥异的无情世界。

不妨仔细瞧一瞧两位艺术家的作品。

宗达的《源氏物语》屏风相当让人愉快。它具有杰出的装饰性，同时引人入胜，悠游画中。他的作品不会使人紧张。观者会被柔软的情绪包围，安心享受一种优美而敏感的和谐。这是一种不会沦为装腔作势的褒义风雅。用一句听上去有点奇怪的话形容：仿佛画的另一面真的存在一个世界支撑着这幅作品，似乎有一种温暖的氛围从那里渗透过来，画里的梅花、房屋、人和地面都浸润其中。这种复古的情调转化为难以名状的人情味。如今艺术界盛行的、普通鉴赏者跟风追捧的日本自然主义，即带有生活主义

宗达《源氏物语》屏风“关屋图”（六曲一双），江户时代元和、宽永年间[24]

色彩的私小说世界，其实就是彻头彻尾的情绪依赖，是以某种安心感为前提而存在的。在这样的社会大环境下，宗达的世界的确易于接受，也完全契合人们的感情观念。

那光琳的“红白梅”与“燕子花”呢？看光琳打造的画面，必须时刻保持日常少有的紧张感，甚至怀疑自己要被画面中的冲击力掀飞。光琳的世界无法让人从情感层面产生依恋。

光琳的画面是独立的，纹丝不动。我们能在宗达的作品中听到微风轻拂的微弱响声，光琳的画面则清透而干脆，将一切拒之门外。

它甚至不允许鉴赏者做梦。

还有一个不得不承认的可怕事实——光琳的梅花，根本无法让人感受到真梅花的气息。乍看之下，画中大片涌动的水形成优美的水流。但仔细观察，你会发现水面上没有任何东西漂动。成片的燕子花周围没有土壤也没有水，一团团湛蓝的花瓣分明盛放在真空之中。

拒绝一切幻想与回忆。除去这幅画面，世界空无一物——可谓是日本艺术史上极为罕见的杰作，充斥着无情之美。

很明显，光琳的画面构图建立在坚实的逻辑上。无比正确，无比缜密，无比彻底，没有给风情、韵味留下丝毫余地。一切都在预料之中，是精心设计的结果。被完全掌控的画面中找不到类

光琳《燕子花图》屏风局部

似“神来之笔”的偶然；一切都承受了残忍、无情的变形，不存在一丁点妥协与情感上的模糊。这是一种值得惊叹的无情美。

日式庭园有“枯山水”之说，是一种独特的表现手法，不用一滴真水，只用沙石便可呈现巨大的瀑布与滔滔不绝的溪流。光琳的作品比枯山水更甚。画面上明明有水，观者却完全感觉不到。相比枯山水，《红白梅流水图》更让我震撼，从而真真切切地生出对艺术的敬畏。

能感知水的存在又如何？即便想方设法创造出水的替代品，观者也只会觉得：“哦，这是水啊。”那不过是流于表面的模仿。

光琳的“红白梅”与“燕子花”没有玩这些小把戏，他精彩地刻画了自然，却丝毫没有落入自然的窠臼。只有没有水也没有空气的真空世界，才能打造出极致的紧张与无情的空间。

人们普遍认为日本绘画是平面的装饰性画作。确实有很多作品能佐证这种观点。然而，光琳的作品同时拥有装饰性和惊人的空间性。

我坚信，艺术领域的空间只有两种：要么是绝望的真空与虚无，不透一点空气；要么就塞得满满当当，不留一丝缝隙。

有空气流通的空间不过是自然主义的诓骗，既感伤又庸俗。今时今日，我们周围的绘画作品几乎都安于这种状态。这让人无奈又愤怒。

如果绘画真的比雕塑有优势，那它的优越性必然显现在将三维的立体与空间性融入二维画面的反自然行为中。不过这里说的立体，绝不是文艺复兴后唯心且机械的透视画法。透视画法只是一种骗术，让眼睛对单纯的距离与空气流动的自然空间产生错觉，无异于假象画。（即视觉陷阱，文艺复兴后的西欧学院派画法。通过添加阴影实现立体感，以假乱真。）即便在今天，学院派炮制的赝品（也就是这种落后于时代的绘画技法）依然为人们传承，仿佛它才是正宗。试图用视觉偏差表现鲜活的立体感，是近世绘画界犯下的大错。

十九世纪以来的自然主义[①]将空气带入画面，那样一种暧昧的氛围给赤裸之物彼此激烈而粗暴的决斗蒙上了一层面纱，创造缓冲，利用人类卑贱的本性掩盖不得不正视的现实真相。

艺术层面的造型方式，只可能通过我刚才说的物与物、形与形的正面交锋实现。为了摆脱透视画法的错觉，对它产生新的认知，塞尚立体派、前卫艺术的各流派都付出了诸多努力。他们留下的轨迹依然清晰可见。也可以说，他们投身于一场将空气赶出画面的战斗之中。

---

① 19 世纪后半期至 20 世纪初兴起的欧洲文艺思潮和流派。一方面排斥浪漫主义的想象、夸张、抒情等主观因素，另一方面轻视现实主义对现实生活的典型概括，而追求绝对的客观性，崇尚单纯地描摹自然，着重对现实生活的表面现象作记录式的写照，并企图以自然规律特别是生物学规律解释人和人类社会。

所以我才要强调：光琳的世界是真空的。真空才能呈现它极致的紧张与丰富的造型空间。

明快的构图与线条自不用说，连色彩也不例外。光琳的色彩选用罕见地大胆与纯粹。光是这一点，就足以让他在日本绘画史上赢得一席之地。

《燕子花图》屏风——巨大的金色画面，画中景物只以群青与绿青勾勒，不仅构图新颖大胆、极致完美，更采用鲜明的原色为主色调，配以精准的辅色，实在太不可思议了。它一脚踹开“韵味”“细腻”等所谓日本艺术的面相与特质，全然不把人放在眼里。仿佛拒人于千里之外，却没有丝毫的炫耀。

凑近观察每一笔、每一画，都能感受其中的狂妄、厚重与难以捉摸。可通览整幅作品，细腻与绝对感却占据了画面。究竟是为什么呢？这幅屏风的神奇着实震人心魄。

这才是真正的纯粹，可惜人们总是一味从感伤与情绪的层面去解读。

逻辑、无情、纯粹才是光琳美学的本质，他的作品也因此才能如此宏大且极具国际风范。在巴黎市中心意外邂逅光琳时，我之所以体验到被雷电击中似的震撼，正是因为他抓住了艺术的本质，并将这个课题摆在了我面前。

新兴町人的精神与贵族特性的冲突

光琳艺术有日本艺术中非常罕见的无情之美。它的根基是什么？和所有伟大的艺术家一样，支撑光琳的正是深植内心的激烈矛盾。

光琳的画面实现了大胆的抽象化与装饰化。乍看之下，很可能会误以为画中奔放与强韧的气息是在全无矛盾的情况下，以乐观的态度为背景创作的。然而,如果认为“表现之明快”可以和“内容之单纯”画等号，那便大错特错了。

无论技术层面还是精神层面，明快的背后都暗藏避无可避的矛盾。克服激烈的对立使紧张性愈发清晰，我能感觉到看似稳固的面貌下潜藏着血淋淋的伤口。而且我们必须认识到，这种犀利只能通过反常的方式实现。

甚至可以说，那就是真实的、有革命意义的艺术诞生的绝对条件。无论何时，唯有本质性的矛盾才能从生命深处撼动，进而驱动人心。

当然，矛盾也会以技法形式表现在画面中。不过分析技法之前，还是来看看光琳的创作背景，也就是他的生活、环境、教养、出身和所处的时代吧。鲜明的矛盾在这几方面都有所体现。概括而言就是化作血肉支撑光琳的、蓬勃发展的新兴中产阶级精神与贵族特性之间的矛盾。这对矛盾显然是复杂而有机的，不能轻易盖棺定论。但我想就其中尤为重要的几个方面与大家探讨一番。

光琳的大部分人生在元禄年间度过。在那个年代，他所属的阶级过着怎样的生活呢？

进入平安末期，尤其是应仁之乱[①]后，日本全境都陷入战国动乱。后来，德川家族逐渐确立自身权威，幕府施政也日趋稳定，在全日本建立起稳固的封建制度。于是社会生产力显著提升，商品与货币组成的流通经济愈演愈烈。然而这令以土地经济为基础走向兴盛、手握重权的封建武士阶级感到不适。不仅如此，他们还对金钱不屑一顾。受儒教道德体系影响，武士阶级甚至视金钱如粪土，整日与金钱打交道的商人也连带成为他们的鄙视对象。从“士农工商”这个词就能看出，商人在四民中地位最低。正因为武士轻

① 1467－1477 年发生在室町幕府的封建领主间的内乱。

看赚钱与商业，对此漠不关心，町人阶级才成为一手撑起商品经济的中坚力量，掌握了前所未有的巨大财力。没用多久，他们的实力、自由与活跃程度，就彻底超越了这个国家的统治阶级（武士）。

光琳出生在町人阶级的全盛时期。他是京城豪商“雁金屋”的次子，出生于万治元年（一六五八年）。

在那个年代，“富有的商人”究竟是怎样的群体呢？江户中期儒学家太宰春台[①]如此写道：

> “今世诸侯无论大小，都低三下四，向商人讨借，靠江户、京都、大阪和其他各地富商的援助才能维持生计。（中略）债主隔三差五上门讨债，只得连连谢罪，不得片刻安宁。见到子钱家（高利贷），便仿佛见到鬼神一般惊恐不已，不顾身份，伏于町人脚旁，或将祖传古董宝物典当，解燃眉之急。武士家终日饥肠辘辘，子钱家却珍馐不断。”[②]

蒲生君平[③]也曾戏言：“大阪富商吼一吼，天下诸侯抖三抖。”虽然这话是之后的化政时期留下的，但用来说明当时的情势也很

---

① 1680－1747，日本儒学思想家，蘐园古学派的代表人物之一，通晓经学和近世汉语，精于经济学。

②引自《经济录》（“経済録”）。

③ 1768－1813，日本儒学家。

形象。

光琳出生成长的尾形家雁金屋就是如此了得的富豪。光琳、乾山两兄弟的父亲宗谦留下的财产转让书也足以得见："金银可向诸大名取回……由你与权平（弟弟乾山）平分。"

紧扣实物的具象和特有的鲜活折射出崛起的町人阶级的全新心态。读一读谈林俳谐[①]与井原西鹤[②]的《浮世草子》，就能切身感受到当时町人经济的活力，和新兴中产阶级的真性情。

这样一群人，自然难以接受德川幕府御用画家（比如狩野派[③]）倡导的学院主义，对过分拘泥于形式、分外唯心的艺术形式产生抵触。光琳艺术之所以自由奔放，并带着别具一格的神韵横空出世，也有这方面原因。

那时，各类文化的中心仍在京都。除了自平安时代一脉相承的优雅、华丽的贵族传统，新兴町人阶级也在元禄年间活力焕发，有如星星之火，绽放出厚重绚烂的花朵。可以说，这是日本传统最精彩的一面闪现的最后一抹光辉。

---

①具高度艺术性和鲜明个性的庶民诗。

② 1642－1693，日本小说家，俳谐诗人。他的俳谐大量取材于城市的町人生活，反映新兴商业资本发展时期的社会面貌。代表作《浮世草子》被认为是日本市民文学的开端。

③日本著名宗族画派，在 15 至 19 世纪之间发展兴盛，长达七代，历时两百余年。画风粗犷是其主要的特征。

此后，文化重心转移到江户。效仿传统的形式主义使各类文化愈发贫瘠。完全僵化的封建制度甚至切断了社会发展，最终幕府政治走投无路。为政者试图使用毫无主见、敷衍了事的政策解决各类政治、经济危机，如利用经济力量打压威胁武士阶级的町人阶级等荒唐行径，具体体现为以享保节约令为首的各项政令。与此同时，闭关锁国使日本无法从国外汲取新的文化养分，也在精神层面对日本产生了决定性影响。惨遭封闭、压制的世界中产生的扭曲，必然会体现在文化的方方面面，例如幕府尤其重视的儒教特有的权威性、概念性学院主义思想，又如阴暗世故的小市民思维。无论哪种情况，框架都已预先划定，人们只能在极其有限的范围内尝试些许变通。于是乎，便催生了我在序言中提及的“背面文化”。

日本的传统就这样失去了原有的爽朗与精神内涵，艺术家逐渐沦为装腔作势的马屁精。他们打趣、说诨话、卖弄，让脚踏实地的人扑空，拿自己的人生开玩笑。就连出席父母的葬礼，也要随口说几句玩笑话逗乐。这种奇诡的“气度”，成了江户人的代名词。建立在如此社会基础上的艺术与文化，必然愈发世故、老成。但直至今日，仍有许多所谓的“艺术家”没有彻底摆脱这种低俗的思想。

光琳在世时，世道尚未发展到如此糟糕的地步。人还能堂堂正正地做人，和社会正面碰撞。町人也有阶级局限性，但天花板下还有宽广的天地。他们自信并骄傲，丝毫没有自我贬低。

他们无拘无束地、自由自在地、正确地表达自己，抬头挺胸，直接抛出观点，不让步，也不退缩。光琳生活在这样一个强有力的时期，见证了时代的巅峰时刻。这份魄力支撑着光琳艺术的精彩与内涵。

雁金屋历史悠久。光琳的曾祖父道柏是丰臣家的御用商人，专为贵人置办织染布料。相传淀夫人[1]对光琳的祖父宗柏关照有加。后来，德川幕府第二代将军秀忠的女儿在元和六年（一六二一年）入宫，成为后水尾天皇女御。入宫时带去的衣物，都由御用商家雁金屋一手置办。

这就是说，光琳从小就接触最高级、豪华、绚丽的衣饰与布样册。正所谓耳濡目染、无师自通，华丽而优雅的装饰赐予他一双鉴别优劣的眼睛与过人的技术。虽然今人找不到光琳学习、从事家业的史料，但以他的出身，不难判断他肯定接受过相应的训练。

雁金屋长子藤三郎在光琳年幼时被逐出家门。弟弟们想方设法，好容易才把他接回家中（当时光琳已经二十六岁了）。而在长子回家的两年前，父亲宗谦就过了花甲之年。留给他的时间不多了。这个年纪的人完全可以退居幕后，让下一代接班。既然长子指望

①本名浅井茶茶，是丰臣秀吉的侧室。

光琳小袖，秋草纹样（局部）

不上，次子光琳继承家业便顺理成章了。由此可以认定，光琳接受过大量为继承家业做准备的训练。

如果装饰只是传承中的定式、被模仿的对象，那也就罢了。但在元禄前后，町人阶级腰缠万贯，市民文化争奇斗艳，人人勇于创新、锐意进取。不难想象，这样一个时代，时髦的设计在商业领域很有必要。今日的流行不也日新月异、瞬息万变，叫人眼花缭乱吗？当年恐怕也是同样一番景象。

从奈良时代到平安时代，再到镰仓、室町时代，有职纹样[①]在贵族阶层代代相承。那是一种高度形式化、端庄肃穆的唐风图案。由大和绘[②]式的山水花鸟与四季风光演变而来的花纹也相当郑重严肃。但在以豪华绚烂为特征的桃山时代过后，江户初期的文化继承了对华美的喜好，保留一定程度上的爽朗与自由，同时进一步升华，呈现出城市化倾向。

光琳独具一格的近代写生式纹样就这样应运而生。他心怀自由的精神，站在唯物角度从自然重新出发，发现新的美，以粉碎带有贵族色彩的形式主义，设计的样式备受世人追捧。（友禅纹样是日本特有的印染布，直至今日仍是彩色印染工艺的代名词，光

①与仪式或活动相关的古典纹样。通常以外来的几何纹样作底，再加上鹤、立涌、龟甲等图案为主题，格调极高。

② 10 世纪前后产生于日本本土的民族绘画。它以日本的题材、方式和技法制作，表现日本民族独有的情感和审美特色。

有职纹样——五袭女衣（局部），镰仓时代

琳也对友禅产生了巨大的影响。）不久，这种样式就走向颓废，形式化为所谓的“琳派”，沦为又一种定式。不得不说，这既是酒井抱一[1]之功，也是他的过错。他在化政时期模仿光琳画风，创作出《光琳百图》等作品，为光琳艺术的普及做出一定的贡献。到了明治大正时期就更不用说，此举的影响甚至一直延续至今。所以，用“琳派”去评判光琳是最危险、最错误的。

言归正传。要用全新的设计呈现草木等自然主题的装饰，首先要用一双新鲜而执著的眼睛去观察设计原形——也就是四季的花草林木。若要推陈出新、突破传统，那么即便观察对象是司空见惯的寻常事物，也必须体会重新发现的感动，并学会如何发现。

光琳的确很擅长观察草木。学界普遍认为，除了所属阶级的现实性，特殊的环境也造就了光琳艺术特有的具体性与直接性。相传光琳在鞍马口建了一座花园，时常去写生。他小西家的后人还保存着光琳的画簿，其中有不少精准入微的鸟兽写生。

但请大家注意，光琳自身的新兴中产阶级现实主义与对立的贵族式抽象主义依然在他心中发生着激烈的矛盾。我们先从环境和教养的角度考察一番吧。

尾形家原本与著名的“艺术贵族”本阿弥家是姻亲。光琳的

① 1761－1828，日本画家，尤其倾心于光琳，也擅诗歌。

祖父宗柏是本阿弥光悦[1]的姐夫。鹰峰的艺术家村是光悦牵头建立的，许多本阿弥家的人都在那里建了宅邸，宗柏也是其中之一。这便是尾形家与艺术的渊源。

以光悦为中心的“富裕艺术贵族”对新兴武士阶级在文化层面的空虚，尤其是德川氏偏重儒学的学院主义持批判态度。虽然贵族们以某种形式拿着统治者德川氏或相关大名发放的俸禄，但真正让他们感到与有荣焉的，还是宫廷贵族的高雅艺术。这种艺术高贵、丰裕而有格调，想必这份教养与自信，也是艺术贵族存在的理由之一。千利休的第三代传人千宗旦与他们生活在同一时代，他也一次又一次拒绝了江户将军家的邀请，在京城清贫度日，还得了个“乞丐宗旦”的绰号。据说光悦只在江户待了两天就忍不住了，当时的京都文化人似乎都有这样的气概。

光琳出生长大的尾形一家，似乎也过着贵族般的生活。

他的父亲宗谦是一位全能雅士。常习光悦流书道，在绘画、能乐、茶道等方面都有极深的造诣。光琳自幼在父亲身边耳濡目染，又是御用商人雁金屋的子弟，常和贵族来往。据史料记载，他经常出入二条家，陪同贵族子弟修习能乐。

前面提到的转让书中，宗谦明确表示要将一套能乐道具留给

① 1558－1637，日本书法家、艺术家，书道光悦流的始祖。本阿弥家历代以刀剑鉴定、研磨、擦拭为业。

光琳，足见光琳确实精于能乐。光琳艺术也有严谨的一面。那不留任何缝隙、冷酷至极的结构，恐怕在很大程度上受到了这种贵族式形而上抽象艺术素养的影响。

在画工方面，光琳刚起步时曾深入学习狩野派的技巧，也研究过大和绘的传统。

极具个性与革命色彩的光琳艺术离不开他立足的根基，这其中包含贵族式的正统。他本着坚毅、辩证的态度，勇敢克服了正统性与新兴阶级自由性、现实主义之间的矛盾。

在光琳艺术中，我们能看到贵族式传统和打破这种传统的艺术，此二者展开了规格最高也最为激烈的拼杀。这是贵族式传统绽放出的最后一抹光芒。与此同时，新时代也在与旧传统紧张对立的过程中呈现出最鲜活、最具生机的面貌。

然而相互对立的两极矛盾只能去克服，绝不会被消灭。它们不会烟消云散，也不可能被随意杂糅成某个作品呈现出来。

矛盾中的一方往往会呈现为作品的主基调，另一方则包含其中。这种极端激烈的冲突，让光琳的每一件作品都迸发出鲜明的个性。只不过，那些无法触及艺术真谛的旁观者与风雅之士可能会将这种激烈的拉锯归为天才的多面性或心血来潮。

艺术家的反时代精神

下面我们结合作品，从画作技巧上对这两种极端做一番深耕。在我看来，《燕子花图》和《红白梅流水图》中体现的矛盾最具体，也最具象征性。

“红白梅”着实严肃。

浓烈的紧张感贯通到每一根梅花枝的顶端，灵魂绷得紧紧的。那是一种带有贵族色彩、庄严而尖锐的音调，仿佛高声奏响的能乐。

“燕子花”则呈现一派繁盛的景象。画面中透着精巧与奢华。富裕市民的乐观主义是它的主基调。

这两幅作品形成了对比鲜明的两个极端，同时值得注意的是，它们都离不开另一个极端的元素支撑。静心观赏，你会发现燕子花的精彩建立在严肃的氛围与整洁的秩序上；红白梅冲天的树皮尽显贵族的犀利，扎根大地的树根与枝干以及宽阔的流水，分明透出赞美现世、游戏人间的市井气息。

此前我说光琳的画感觉不到丝毫自然气息，画面中没有水，甚至没有空气。看到这里，可能有人觉得我自相矛盾，其实不然。光琳艺术包含针锋相对的两个极端，而且双方旗鼓相当，一步不让。决不妥协的精神，使矛盾极度紧张。两股激烈对峙的力量呈现出绝对静止的均衡，在那一瞬，时间和空间都消失了。凝视这幅无情的景象，你自然会明白我之前所言不虚——美丽的水面上空无一物，群青色的花瓣仿佛绽放在真空之中。

然而，绝对的静对应着绝对的动。它是死，同时也是生。若是将画面视作动与生的呈现，激烈相克的矛盾也会随之表露，紧张高亢的节奏便响彻天际。

光琳艺术的矛盾，在他艺术生涯的两大杰作中表现得淋漓尽致。不过除了这两件切入本质的作品，矛盾还以一种肤浅的反常体现在他的生活中。下面介绍几件广为流传的“光琳轶事”。

前文提到，这个时代的町人坐拥万贯家财，趾高气扬。他们的生活异常奢侈，级别不够高的武士望尘莫及。

“东山赛衣”一事充分体现了这一点。豪商石川六兵卫之妻为了和京城难波屋十右卫门夫人一争高下，特意从江户远赴京城。

光琳《燕子花图》屏风局部

双方代表择良辰吉日，召集富贵人家的女眷齐聚东山，举行了一场豪华绚烂的赛衣大会。换言之，就是一场为东西两大阵营的名誉而战的时装大赛。

赛场上，一位参赛者别出心裁，令人眼前一亮——其他人都是怎么华丽怎么来，只有她选择了纯白色的内衬，外套一件黑色的羽二重小袖。每个人都换几次衣服，唯独她怎么换都是黑白两色，反而在一众花花绿绿的衣饰里脱颖而出。再加上环绕她的侍女们穿得豪奢无比，更显出她的优雅。这个剑走偏锋的女人正是光琳的资助者，中村内藏助的夫人。

与众人极尽奢侈之能事不同，中村夫人反其道而行之，一举摘得桂冠。当然，这离不开丈夫内藏助的暗中支持：相传给中村夫人出主意的正是投靠内藏助的光琳。

还有一段轶闻——某日，光琳与银座的富豪们一同乘游船去岚山赏花。午膳在船上用。大家不约而同拿出豪华便当大快朵颐时，光琳竟掏出一个寒酸的竹皮包袱，啃起里头的饭团来。大伙儿纷纷看向包裹饭团的竹叶——有些人好奇，有些则带几分鄙夷。不看还好，一看方知其中乾坤——竹皮背面竟绘有金光闪闪的泥金画，花鸟山水，好不精彩。

光琳对众人的惊愕视若无睹，不紧不慢地把饭团吃完，随手把竹皮丢进河里。

光琳《红白梅流水图》
屏风局部

许多人觉得这类奇闻轶事不过是反映了城里人装腔作势、故弄玄虚。但我认为这个故事极具象征意义，充分表达了艺术家与时代的矛盾，和光琳要做一名艺术家的决心。

光琳是走在时代前沿的骄子，与此同时，他对自己的处境又有一定的反叛。他在上面两个故事中的表现，就是对周遭町人的虚荣做出的尖锐表态。时代赐予他财富与知性，他却反过来嘲讽时代和那些极尽奢侈的富裕町人。本质上，这种态度必然是在挑战自己的成熟感性与“城里人”过犹不及的自我意识。也许有读者觉得我的诠释太近代化，可没有反时代的精神矛盾，就无法孕育出今日依然能打动我们的艺术。正是这种带有讽刺意味的挑衅，才让画面流露出一股霸气，和令人毛骨悚然的氛围。

（除此之外，光琳还有彻底颠覆传统搭配的作品，比如红叶配仙鹤、樱花配小鹿等。不过这应该不是他的原创。）

说句题外话。换个角度看，我们也可以说，正因为这个时代的町人生活有极高的自由度，过激艺术家的讥讽才能别出心裁，被人们接受。

说到底，艺术家的自由度是由他所处的环境决定的。光琳能创造出如此自由奔放的艺术，也多亏了当时海纳百川、心胸宽阔的时代氛围。

超越自己

光琳丰富的独创性离不开时代的支持与守护。从另一个角度看，我们也会发现：时代有它消极的一面，会在某种程度上制约艺术家。

封建社会，艺术的社会地位不高，艺术家不过是“艺人”或“工匠”。

即便在欧洲，“画画的”等同于“艺术”“艺术家”也是十九世纪市民社会发展后的事。经过欧仁·德拉克罗瓦[①]、保罗·塞尚[②]、文森特·凡高[③] 等人的争取与自省，完全自主的意识终于在二十世

① Eugène Delacroix，1798－1863，法国画家，浪漫主义画派的典型代表，继承和发展了文艺复兴以来欧洲各艺术流派的成就和传统，并影响了以后的艺术家，特别是印象派画家。

② Paul Cézanne，1839－1906，法国画家，后印象派的主将，被誉为“现代绘画之父”。他对物体体积感的追求和表现，为立体派开启了思路。

③ Vincent van Gogh，1853－1890，荷兰后印象派画家，后印象派的先驱，深深地影响了二十世纪艺术，尤其是野兽派与表现主义。

纪得以确立。到了明治大正时期，这种意识传入日本，开始萌动。

曾几何时，除了身份低微、卖画为生的民间画师，大多数画家都受雇于掌权者和富人。这就意味着他们不得不妥协于“靠山”的口味与要求。有时他们连单纯的工匠都算不上，沦为阿谀奉承之辈。

无论哪个时代，真正的艺术家都是凤毛麟角，真正的观赏者也少之又少。画家的金主不一定真正理解艺术，恰恰相反，其中的大多数是让艺术堕落的帮凶——他们对画工的诉求要么是“满足虚荣心的华丽装饰”，要么是所谓的“精湛技艺”。

看到画师随手一笔便画出惟妙惟肖的竹子，或振翅高飞的雀鸟，他们像欣赏魔术的观众似的拍手叫好，简单直白地感叹：“不得了！”这是何等荒唐。时至今日，事态也没出现多少好转。

如前所述，光琳出身于豪商之家，社会地位很高。四十四岁那年，还被授予荣耀至极的法桥称号[①]。不难想象，与同时代其他画师相比，他享有得天独厚的环境与至高的地位。可即便是光琳，也无法突破人们对画师的固有观念。

更糟糕的是，光琳在奢靡的生活中用尽了父亲留下的万贯家财。人过中年后，他曾一度迁居江户，投靠深川的豪商冬木三左卫门（光琳为他绘制的秋草纹小袖（p.125）又称“冬木小袖”或“光琳小袖”，非常出名），也食过酒井家的俸禄，当过专属画师。在他辗转江户

①原意为第三高的僧位，到了中世与近世则是颁给佛师、画师等专业人士的荣誉。

和京都寻求庇护时，想必不得不屈尊于自己富工匠色彩的社会地位。

考察这一方面时，我们更需要重点分析光琳艺术的形式而非本质。也就是说，相较之前重点剖析的两幅杰作，其他不那么重要的作品更值得观察。光琳也有不少媚俗、完全暴露所谓工匠本性的作品——它们彻底沦为“装饰美术品”。在我看来，这就是光琳虽备受世人赞誉，却依然有人斥其低俗的原因。说得极端些，若没打造出为数不多的几幅杰作，如“燕子花”“红白梅”等，光琳就只是一个创造出新颖定式的流行画家，一定会淹没在历史的大潮中。

再看光琳作品的装饰性——

分析“燕子花”与“红白梅”时，我曾说画面中的梅花让人感觉不到梅花的气息，水面也仿佛静止不动。单从造型来看，这些现象意味着素材已经成为单纯的手段，失去了本身的含义。人们通常会将这一点归为光琳艺术的装饰性，敷衍了事。这些作品的确有极高的装饰性，然而究其本质，其中也包含与装饰性截然相反的元素。事实上，艺术领域非比寻常的大问题就暗藏于此。

装饰性与艺术的关系极其复杂，但不可否认的是，从本质上看，艺术的确站在单纯装饰的对立面。真正的绘画可以有装饰性，但绝不是纯粹的装饰，必须超越这个层面。

所以我们可以说：类似于光琳艺术的装饰性绘画若富有意境，超越装饰，就是杰作。但它同时也很危险，稍有差池，就会沦为单调呆板的装饰，变成空洞的非艺术。事实上，光琳的很多作品都属此类。

那么，在光琳的装饰艺术中，成功超越单纯装饰层面的作品都有哪些呢？让我们再次将目光投向“红白梅”和“燕子花”。

在高度抽象化、装饰化的画作面前，除了震撼，我只觉得自己的眼睛已经什么都看不到了。画面中潜藏着某种难以名状的恐怖。正如之前所说，我对盛开在某处的梅花与燕子花已经完全失去兴趣，而是被画面中的震撼力压倒。这是一种强有力的诡异气场。

正因为这种气场以超越形态的方式迫近，我才摸不清它的具体形象，只能感受到它的存在。那是作画者自己的姿态吗？抑或是观画者的精神投射的倒影？——亲身接触杰出的作品时，所有人都会沉浸在这种超越自我的感动中。

总而言之，这种吊诡的紧迫感才是艺术的内容，它超越了装饰目的，甚至让人不快。与此同时，这又是一种超越快感的颤栗，一种复杂的矛盾，坚强的艺术意义就在于此。

再平凡的人，一辈子也会有一两次直视自身，进而心惊肉跳的经历。否则所谓的“人生价值”就是一纸空谈。只有在这种灵魂亢奋期，作家才能对抗、超越自己，实现更高层次的自我。换言之，创作者只有这样才能成为真正意义上的自己。这是一个无情的事实。

在我看来，超越光琳的光琳——光琳艺术的本质，就在于此。

所以，我才会将“燕子花”与“红白梅”称为无情之作。

第4章

中世庭园——矛盾的技术

为何关注庭园

日式传统的样本

观察日本庭园，提出种种疑问前，我想先向大家阐明本书聚焦庭园的原因，和此举背后的含义。

长久以来，我国的古代文化遗产和古董、文物一样，都属于风雅之士与学者。正如反复强调的那样，我希望活在当下的人能擦亮双眼，重新审视这些财富，化为自己的骨血，创造全新的传统。观照庭园，也是想将它作为创造新传统的契机。

我会在接下来的章节中重点为大家介绍室町、桃山时期到江户初期诞生的名园。很显然，人们之所以认为这些庭园有极高的水准与最典型的美，细心保存至今，就是因为近代日本的审美大致是在这一时期确立成形的。

这些庭园的创意、建造过程与环境十分独特，极具“日本色彩”。当然，这个词有褒义，也有贬义。庭园中蕴含着精湛的技术与丰富严肃的表现手法，不是经过千锤百炼的高超文化，绝不可能孕育出这种高格调的品位。

然而品位背后藏着必然的脆弱，并以危机的形式表现出来。具体分析这些问题，有助于清楚认识日本文化的一大截面，也能帮我们提炼出今天的日本人不知不觉背负的、早已渗入血肉的日式传统。

何为庭园

今天我们一听到“庭园”二字，脑海中最先浮现的一定是自家的园子。我们每天都要和这个园子打交道，几乎家家户户都有园子——这个现象其实相当惊人，在其他国家很少见。

规模宏大的宅邸自不必说，即便狭小寒酸的平民人家也一定有块巴掌大的庭园。哪怕没有在壁龛挂上卷轴或摆一盆鲜花，至少也会在院子里象征性地种几棵树、放几盆盆栽。有的人家甚至会挖个小池塘什么的。夏天在园子里洒些水，享受傍晚的清凉，冬天则欣赏积雪的风韵。小小庭园，为拥挤、闭塞的生活带去一丝温情。虽然空间有限，却能让梦想自由驰骋。

当然，东京遭遇大地震[①]之后，一栋栋办公楼拔地而起，现代化公寓越来越多，人们的生活方式急剧变化。即使是地方城市，传统也因战火的冲击逐渐退出历史舞台，但庭园始终是市民生活必不可缺的组成部分。

不过请大家注意，庭园终究是私人领地，是私密空间，是与日本传统名园一脉相承的精神。我们不能就此认定，这就是庭园在人类生活中真正的、应有的模样。

从历史角度来看，也许我们就能自然而然地厘清庭园的意义和它的本来面目了。

在原始社会，庭园是归属整个集体的广场。人们在室内休息，在庭园度过活跃的公共生活。那时的庭园大多位于部落中央，是举办宗教仪式与政治集会的地方，同时也是从事生产的场所。狩猎时期，即将踏上猎捕征程的精锐部队齐聚一堂，在庭园跳巫术舞蹈。到了农耕社会，这里则成了家畜的游乐园，以及加工农作物的作坊。待到以物易物的全盛时期，庭园又多了市场属性。当时的庭园与生活息息相关，是集体社会共享的广场。

社会不断发展，阶级制度逐渐成形，催生出掌权者专享的庭园。贵族们齐聚园中，或商议政务，或举行仪式，甚至在这里享受各种娱乐活动与体育运动，观赏各类节目。这样的庭园已不再向平

①此处应指 1923 年日本关东地区发生的强烈地震。

《春日权现灵验记绘卷》中的寝殿式建筑：俊盛邸庭园，平安时代

民敞开大门。我们对庭园的印象，往往是从这一阶段开始的。

平安时代，位于贵族寝殿南侧的庭园就有上述属性。为了身处寝殿也能欣赏美丽的景观，人们在庭园中挖出池塘，配以小岛、石块与瀑布，打造了和谐的远景。

随着历史演变和禅宗影响，庭园逐渐转变成让人静静欣赏的对象，不再是政治与竞技的舞台，与活跃的社会生活越来越远。人们更倾向于在庭园中享受幽邃的环境，沉思冥想，搭建超凡脱俗的精神家园。至此，庭园的唯心和个人色彩已相当浓重，终于开始丧失公共性能。室町时代起，大多数庭园都是如此。

庭园的形态愈发精巧复杂,达到了一个阶段的成熟。与此同时，传统的园林技术确立下来。直至今日，一提到日本庭园，人们会立刻联想到这一时代的样式或变种。后世的造园技术与审美也是由这种日本庭园决定的。若以人类庭园的漫长历史为参照，这应该是一种相当特别、相当富有时代性的扭曲。

德川幕府时期，势如破竹的富裕町人阶级继承了这一传统。他们将庭园带到城镇的中心，带到仓库与民宅林立的地方。日久年深，这种风俗最终渗透到住在隔断长屋的平民阶级中。

人人都有自己的园子。越是考究的庭园，越要藏在建筑和围墙深处，外人难以窥见它的真容。在欧美，典型市民住宅都把园子设在房屋前面,正对马路。它们既是私人空间,也是街道的延伸，在某种程度上扮演着公园的角色。欧美庭园的近代性与日本庭园的私密性形成鲜明对比。自己的领地再小也要严防死守，这种妒忌心极强的封建性在日式庭园中体现得淋漓尽致，且极具象征意义。

日本庭园就这样将自己封闭在一点也不大众化的层面，逐渐失去了曾经的高雅、严肃与纯粹，堕落成卑微的技艺。室町桃山时代的中世庭园打造出洞庭湖、西湖等天下名胜的微缩版，后人又将微缩版进一步压缩到庭园式盆景的尺度，更加逼仄。于是乎，日本庭园的样子逐渐与古典名园渐行渐远。

这样的庭园无法体现宏大的构想与生活的幅度，也没有它所属阶级的特征与欲望，沦为生活的虚荣装饰，显然无法代表庭园原本的内涵。

日本庭园死守着陈旧的封建传统价值观不放。早一步踏上现代化之路的西方呢？普通市民住进高层公寓，原本属于贵族的豪华壮丽的庭园则敞开了大门，变成公园——为民众共享的庭园。

巴黎的典型法式庭园卢森堡花园原是宫殿的附属品，如今每天各阶层的人都在这座宏大的庭园中以自己的方式享受自然：除了进行各类体育运动，还有学生打开笔记温习功课；年轻情侣在宁静的树荫下谈情说爱；孩子们时而跳绳时而丢球，玩得不亦乐乎；妇人们在一旁专心致志地打毛衣；老人则坐在长椅上晒着太阳读报纸；到了下午，还有动听的旋律从音乐堂传出，响彻庭园。

日本人心中的公园不过是马路的延伸；但在西方国家，公园是“大伙儿的庭园”，它属于公园里的每一个人，是生活的延伸，是生活的一部分。

如今，走在时代前沿的建筑师与城市规划师正在重新定义“庭园”，将它定位为更契合现代生活、更具功能性的公共广场。只有这样，才能重拾庭园在人类社会原本的、确切的真义。我认为，今后的庭园——也就是“市民生活的理想空间”，应该集公共与私密性于一身，动静皆宜，同时极具艺术特征。

庭园本是被塑造出来的空间，它既是建筑物，又是雕塑，还有声音的律动；它是用来看的，也是用来摸的；是静止的，也是动态的；既自然，又反自然。人们能将所有艺术形式纳入庭园，放几幅画，摆几座雕塑，唱唱歌，跳跳舞……在庭园这个艺术空间中，一切都是可行的。

我并不打算展开论述什么是真正的庭园与它的理想状态，但希望大家能牢牢把握最本质的要点。我们必须用现代的目光观察或批判名园，否则就会被狭隘的情趣所困，落入老旧传统艺术普遍存在的圈套，自以为在大刀阔斧地变革，实则在它的时代特色中彷徨而不自知。

两个障碍

将贴近日常生活的庭园抽象成理论之后，再在大众层面展开庭园论，的确难度很高，会遇到各种各样的阻碍。

首先，即使是历史悠久、闻名遐迩的名园，也与普通人基本无缘，大众压根儿不熟悉它们。鹿苑寺（金阁寺）、慈照寺（银阁寺）、龙安寺的石庭、西芳寺（苔寺）这些特别出名的也就罢了；孤蓬庵、大仙院之类的，又有几个人亲临其境呢？怕是很多人连名字都没听说过吧。

佛像和绘画作品还能在照片和彩图里看一看，姑且算是大众的观赏对象。但庭园是一个巨大的空间，除了亲自去看别无他法。虽然名园大多位于京都的中心，可它们都零散分布在相对远离烟火味道的地方。不投入大量时间、精力与财力，就不可能亲眼看到。

所以，虽然庭园是组成日本传统的一大块内容，普通大众却对它知之甚少，哪怕机缘巧合得以一窥，也不会抱着如饥似渴的心境去观摩感受，自然想不到我提出的那些问题。但如果我论述的东西只有专家或附庸风雅者才能看懂，我就白写了。

我的目的不是阐述一堆啰唆的见解，或就零零碎碎的细节展开讨论。可不做具体的点评，依然是没有意义的写作。接下来的

鹿苑寺

西芳寺的夜泊石，池塘中排成一条直线的石块，象征小船每晚停靠不同的小岛，最终穿越大海

内容在技术层面难度很大，但我还是会和前面一样，聚焦当下的问题，结合实物照片加以分析，保证没怎么参观过园子的人也能看懂。

另一个阻碍，就是今天我们看到的庭园是否还保留着刚落成时的模样。要回溯时间，观察庭园最初的样貌，简直比登天还难。

所有的“古典”，都会在时间冲刷下变色、变形。看到它们时，早已不再是诞生时的模样。任我们这些活在现代的人再怎么巨细无遗地复原时代特色、试图沉浸在古旧的氛围中，也不可能做到百分百地还原。如此观赏古典，反而是自欺欺人，诚不可取。

观赏对象变了，我们也变了。既然如此，就应该拿出自己的全部感知能力与灵魂，与此时此刻摆在眼前的古典正面碰撞，挑出可以正确回应的部分牢牢抓住，除此以外别无他法。观察庭园时，尤其要把这一条放在心上。

放眼古典艺术，要论什么最能经受时代冲击，并会随着时代不断变换自己的样貌，非庭园莫属。在名园遗址见到被树根掀翻、散落树丛中的巨石，我们能品味到某种肃然的历史深度，也能感觉到石头的重量。然而，那种感受像幻影一般，抓不住，摸不着。

试想一下，眺望一座开阔的池塘时，有人说在风雅的平安时代，这里会有龙头鹢首的游船，丝竹之声不绝于耳——你耳边仿佛响

京都桂离宫

起微弱的曲调,五彩斑斓的色彩从水面溢出。可最终一切都是枉然。池塘早已时过境迁，成了普普通通的蓄水池。

有时古迹保存得再完好也没有用，比如著名的大德寺真珠庵有经典的七五三石组，古人设计景观时必然考虑到园子背靠紫野，而紫野的尽头正是叡山。每处景观都和庭园所处环境相呼应。可现在呢？庭园四周都是拥挤的民宅，园中的石头也仿佛缩成了一团。

龙安寺的石庭也是如此。一堵瓦顶板心泥墙如画柜一般，隔开抽象的置石与外界，谁都不知道它是什么时候变成了今天这副模样。古代文献中记载，站在那座庭园往远处眺望，可以看到男山八幡宫。放在今天，这就有些难以想象了。

相比之下，每季都有专人悉心打理的庭园反而显得刻意而煞风景。比如井然有序的桂离宫和修学院离宫，像刚剃好头发走出理发店的人似的，看上去分外冷淡，很不舒服。自以为保留原貌的维护,反而让园子逐渐失去了古典的朴素。虽然每次都照“原样”打理，但感觉层面的细微偏差还是积少成多。久而久之，今日的庭园就逐渐与给人带来初始感动的庭园相距甚远。

要是连考证原型和保护古迹都需要我们操心，那真是没完没了,还是交给学者、专家或文化遗产保护委员会之类的部门去管吧。我们应该专注于摆在眼前的东西，深入探讨相关问题。

魔术的领域

京都的阳光特别浅淡。

走出旅馆来到街上，准备去参观庭园时，斜斜的阳光悄无声息地照射进嵌着古旧格子门窗的街道。

这是过去的阳光——也许这就是一座群山环绕的都城永恒的面貌。

无论是古老庭园中的树木、置石的肌理，还是长满苔藓的土地，都荡漾着这样的阳光。

我突然浑身颤栗，莫非我已经成了这座都城的俘虏？而我此行的目的，明明是要用锋利的手术刀划破古都的外皮——

举个跳跃性略强的例子吧。假设你去电影院买了电影票，至此一切还都正常，可当你在检票口把票交给工作人员，走进放映厅，就会被独特的热烈而让人陶醉的氛围包裹。坐在银幕前，你的性格都变得和在外面时完全不同了。有没有想过，你到底是去看电影，还是去享受影院氛围？这个问题很难回答。

踏入沐浴着浅色阳光的名园，会有一种与上述情况相反的感受。你的灵魂会脱离肉身和内心世界，不知不觉中被框定在名园的规则里。起初还能意识到自己身处一种极其特殊的氛围中，待得久了，便习惯并下意识地迎合这种氛围。

到了这一阶段，我们终于不再急着用当下的意识粗暴地扰乱有冥想色彩的静寂园林；也不再像欣赏新艺术时那样全身心地与眼前事物碰撞，从而发现令人惊异的美；而是在早已设定好的框架中诚惶诚恐地“瞻仰”——一切情绪都为这种舞台效果与机制服务。

不可思议的是，这不一定让人不快。虽然我们会不时回过神来，感到奇怪又不由得发笑，心想：“我果然是日本人啊。”

在京都站下车，东本愿寺的屋顶映入眼帘，整个人便陷入这种特殊的精神状态之中。这种氛围使人麻木。一旦接触到古都，我们就会抛开现代人特有的紧迫感，毫无抵触、放心大胆地沉入古老的梦境。在《今日的艺术》中，我从另一个角度论述了这种现象。这就是过去的文化向我们施展的魔术。更何况此前我也说过，庭园具有时代意义，它细腻的心思能将鲜活的现实生活拒之门外，形成一处完全密闭的幽邃之地。

庭园蕴藏的机制相当耐人寻味。它专攻人性弱点，静静地挑起玄妙的情绪。这种情绪会化为高举传统大旗、装腔作势的态度逼近，让人难以招架。

不过不得不承认，庭园的某些方面需要我们沉浸在这种心境中，需要观者踏入魔术的圈套。只有这样才能真正理解其精髓。这是有一定难度的。只有推翻现实的生活情感，跨越历史的深度追本溯源，才能切身体会到它的美——庭园设计就是如此巧妙。

直面现代艺术不需要如此烦琐的程序。好的现代艺术自会扑向我们，不需要任何条件。没什么典故来历，不讲究观赏方法，也没有条条框框；好就是好，不好就是不好。现代艺术与人们生活情感的联系就是如此直接。

所以请大家务必小心。“中圈套”不过是一种观察手段。要是真的一头栽进陷阱，就不能正确地理解了。若撇开内容只谈手段和条件，就可能犯下大错。如果一开始就认定这个脱离现实的小世界很“了不起”，卑躬屈膝地瞻仰，就不存在质疑的可能。重点不是不能浸醉于舒心的气氛，而是我们终究要冷眼看穿魔术的套路。其实魔术并非出自对方之手，而是源于我们自身的缺陷。

换言之，在观赏古老的庭园时，既要“上它的当”，又要看穿其把戏。既要中圈套，又不能完全陷入。我们需要这种玩世不恭的心态。

上面说的是审视传统艺术之前的思想准备。下面让我们针对具体的问题，展开彻底的批判。

中世的日本庭园是不是在意识的艺术思维下建造而成的？从

严格意义上讲，它到底算不算艺术？这些问题就先放一放吧。无论如何，除了那些从历史研究、考证或鉴赏古董的角度看日本庭园的人，活在今天的我们都会用现代的艺术意识接纳它们。唯一的选择就是把庭园当成一种艺术，否则是无法从中感受到任何激情的。

银沙滩之谜

慈照寺

正如前文所说，即使没有亲临中世名园，人们也能根据日常生活想象个大概。飞石、泉水、假山、灯笼，还有树枝的形状、修剪的手法等。真正踏入名园，你就会发现这些元素精巧、华丽到了极致，不禁感慨万千，尝出巨大的喜悦。

然而，慈照寺的银沙滩一定能让每个第一次见到它的人倍感意外。实不相瞒，我初见银沙滩时，也吓了一大跳。

慈照寺的入口附近给人的感觉很平常，安静优雅，和京都这座城市的气氛没有太大差别。游人要沿着被矮墙裹挟的蜿蜒小路往前走。

然而跨进大门，齐胸高的大片白沙赫然眼前，震撼十足。看到这般景象，第一反应便是这里被铺满了。

抱着对古寺和名园的寻常期待走进慈照寺的人，一定会不知所措。更何况你的右手边还有一个比周围高出一截的白沙堆，格外显眼，形似擂钵山。

整座庭园被东山环抱。山上的树木绿得柔软而沉稳。沙子白得让人感到粗暴。这两种颜色不太和谐，仿佛会碰撞出怪异的噪音。人们将这种景观称作“白沙青松”。词语用得对仗得很，园中的氛围就不那么协调了。

仔细观察就会发现，沙堆的形状非常奇妙。日本美学史中真的有这样的形状吗？既有几何学的属性，又有种难以名状、不合常理的风格。这不可思议的美丽形态分明只存在于所谓的“现代艺术”之中。

如果这里都是种感觉也就罢了，可沙堆旁边就是极为寻常的传统庭园，每个角落考究文雅到极点，似乎用尽心思满足风雅之士的品位。

顺着小路往前，是一个轮廓歪歪扭扭的小池塘，架着小小的石桥，池面上布有小岛，完全符合传统。也许庭园设计者觉得只要用上石头就算修了个园子，所以园中胡乱放了一堆精致的石块，还种了枝条形状恰到好处的小松树，好一座典型的日本庭园。银沙滩明明置于其中，却毫不掩饰其桀骜不驯的风貌，大有把庭园里其他经典元素驱逐出境的气势。

慈照寺，隔着银沙滩遥望向月台

要是用一颗老旧的心与世俗目光粗心大意地看这座园子，你绝不会觉得银沙滩的形态有多美。

也许正因如此，在我参观过的一众名园中，银沙滩带来的喜悦始终是不可超越的。然而，我查阅了许多文献资料，也咨询过庭园专家，他们都只点评说“不可思议”“很奇特的设计”；从未见过将银沙滩正儿八经地定义为“庭园之美”之类正面夸赞的言论。看来大家只对银沙滩的特异性感到困惑，没有要赞扬的意思。

日本的知识分子和风雅之士有个坏毛病：完全展现在眼前的东西，他们是不愿意费心思考的。他们的思维体系中只有凡人一眼看不明白、深奥且九转十八弯的东西；仿佛唯有行家历尽艰辛发现的，才是了不得的好东西。

银沙滩很直白，在那些人眼里可能不会有太高价值。但它着实威风凛凛，坦坦荡荡。我很为银沙滩不平，它明明值得更多的关注。

也许可以把银沙滩视为日本庭园史中的一个洞穴。不，把范围定得更广些——说它是日本美学中的一个洞穴也不为过。

为什么人们对银沙滩敬而远之？首当其冲的原因是它广漠而乏味，没有近世日本美学擅长的心机，也没有引人注目的高潮。

白沙这种素材本就不同于树木、石块。它不会弯曲，不会褪色，不会在自然气候的洗刷下呈现所谓的“古色”。也就是说，白沙无缘“古雅”“苍老”等概念。无论何时，它都干爽松散，澄澈无垢，

雨中的慈照寺庭园

永恒如新。

要是用白沙优雅地装点置石，或恰到好处地铺一些在地上，倒也没什么不寻常。但银沙滩特别厚，完全由白沙组成，仿佛刚铺好一样，露骨地表现着它的鲜活。

它的形态中有人工与几何学色彩。它的体量足够大胆，足够单纯，激烈而沉稳。

总而言之，银沙滩一点也不闲寂。

但总是有什么地方不对劲。如果是最近流行的现代艺术还能一笑了之，可它偏偏出现在慈照寺这座古而有之的庭园，谁敢说它不好呢？于是大家便推脱说搞不懂。

拘泥于"能不能搞懂"才是最没有意义的。点景石的凹凸分明、树木的枝条走势、池塘的形状又有什么好说的呢？那些都是有定式、被反复沿用的，让人觉得好像能看懂。银沙滩太独特了，没有可以参照的前例，所以就看不懂了——这是哪门子的道理？正因为它别具一格，才能给人感动，才是真正的艺术。换言之，关键不在于所谓的"意义"，而在于能否被审美接受。排斥银沙滩的人，只是没领会到它的美而已。

银沙滩的不可亵玩反而让我欣喜不已。我认为它的美就在于此，需要我们用现代审美观接纳的东西就在这里。但在深入探讨这一点之前，不妨思考一下，这种不可思议的美到底是如何形成的。

沙堆的历史

银沙滩与向月台这两处用沙子堆出来的景观是什么时候形成的？我们无法在史料中找到确切的记载。

东山慈照寺的庭园本是足利义政[①]将军晚年命人建造的山庄。为了迎合将军的喜好，设计者模仿了世人公认的名园——西芳寺的风格。传说庭园最初分两大块，靠东的区域依山而建，以置石为主，下方则以池塘为中心，打造成更适合漫步欣赏的小园。谁知园子还未建成，义政就咽了气。由于战乱和足利一家没落，这座庭园逐渐荒废。

桃山末期到江户初期，人们对这里进行了大规模的修缮改造。据史料记载，今天看到的方丈是宽永末年重建的。

所以，今人熟悉的这座以观音殿前的池塘为中心的庭园是基于义政时代的室町样式、依照近世江户初期的审美改建的。改建之前，究竟有没有银沙滩和向月台？很遗憾，没人能回答这个问题。

即使这两处景观在庭园刚建成时就已存在，恐怕也不会是我

① 1436－1490，室町时代中期室町幕府第八代征夷大将军。

们今天看到的模样。江户中期安永年间，田沼意次[①]一手遮天，当时出版发行的《都名所图会》与二十多年后宽政十一年（一七九九年）发行的《都林泉名胜图会》都提到了慈照寺。对比两幅插图，可知向月台在这段时期几乎保持不变，银沙滩那里却已经有了很大变化。明治二十年（一八八七年），人们又调整了花坛等景观的位置，这才有了今天的慈照寺。

也有学者认为，起初地上只有薄薄一层沙子，但随着时间推移，沙子越堆越高、越堆越厚，就变成了现在的样子。现今仍然有很多禅寺会在前庭铺一层白沙，再在角落里做一个“缩小版向月台”似的馒头状沙堆，以备前庭地面沙子不够时及时补充。如果向月台的沙堆也是这种功用，那么银沙滩显然是从“铺地沙”演变而来的，可惜目前找不到其他案例佐证这一猜测。

总而言之，不管银沙滩和向月台原来是什么模样，现在它们都占据着方丈前面的空间。站在方丈的边沿往外看，最抢眼的大概就是这两处景观了吧。看来方丈建成之后，庭园主人的生活重心就转移了过来，并逐渐塑造出今日的银沙滩与向月台。

---

① 1719－1788，江户时代中期的大名，远江相良藩的初代藩主，深得德川家治信任，手握大权。

《都名所图会》安永年间的慈照寺（上）
《都林泉名胜图会》宽政年间的慈照寺（下）

空间层面的呼应

很明显，银沙滩的形态与矗立在庭园前、环抱整座庭园的月待山的轮廓是遥相呼应的。

站在方丈的一角向外看，向月台位于山脚低陷处，而银沙滩的西北角恰好从那一点开始急剧隆起，向斜右方延伸，画出一道华丽的弧线，与正面的山顶呼应。背面东与南端却有一处凸起，犀利地插入两条巨型弧线之间，并且这条轮廓线在弧线交合处便向内凹陷，行至向月台，与山峰轮廓的斜线形成正相反的对应关系。

还可以看出，构图依位置而变，完全建立在庭园和山峰轮廓的关系上。

也许这种效果是庭园设计者始料未及的。长年累月的修缮中，庭园与周围环境的呼应对人产生了潜移默化的影响，景观形态逐渐调整成了现在的模样。

事实上，如果没有和周遭环境的紧密呼应，肯定无法在造型层面让抽象的形态活起来。

欣赏庭园时，人的视野往往会变得比较狭窄。看石头，只能感觉出石头的韵味；看池塘，则只能品味到池塘的风情；要么就去琢磨池塘和周围树木的搭配。事实上，我们必须先把景色置于更大的框架中，充分把握它的整体形状。

银沙滩西北角（上）
北面（中）
东南端（下）

银沙滩西南端，正面是方丈

向月台，后方是观音殿

这是明摆着的道理，无须多费唇舌。

另外，不能忽略沙堆自身的雕塑结构和犀利的空间感。若将其他景观全部抽象化，默默凝视银沙滩与向月台，绕着它们走一走，就会发现它们的立体感随视线移动明显地变化着，呈现出一种独特的美，可谓是极富有创意的艺术作品。

强烈的空间性得益于平面与立体的有机组合。

向月台呈尖锐的圆锥形，顶端仿佛被挖去一个小球。它的高度，以及与银沙滩的广阔平面呼应的厚度适宜——独特的空间划分手法收获了极佳的效果。

尤其值得关注的是银沙滩表面的细镶边。这些略显尖锐的线条成了绝佳的点缀，以神奇的方式让整个空间都紧张、鲜活起来。要是没有这些镶边，就算银沙滩再怎么有立体感，恐怕也只是一片普通的厚沙。

另外，银沙滩的轮廓大都是曲线，表面的粗条纹理则是直线。曲直碰撞，使景观的整体氛围更加紧绷。

综上所述，银沙滩和向月台既有躁动的一面，又完美呼应周遭环境，形成了紧张的对立。它们本身还是相当出色的雕塑作品。为什么要强调这一点呢？因为慈照寺的空间结构极为独特，找不到类似的其他日本庭园。

一般情况下，日本庭园的美极大程度地受到视角限制。虽说从哪个角度看都赏心悦目的庭园（比如回游式庭园、四合式庭园等）不少，但实际走走看看就会发现，景致特别优美的地方极其有限。那种美有点像绘画作品，需要朝某个特定的方向看才能理解。一旦离开那个位置，再优秀的名园也会为结构所累，暴露出模棱两可的线条。置身美景，或绕到其背后再看，景色的美感很可能轰然倒塌。

西芳寺的枯山水虽然水准过人，但也未能免俗（稍后我会做深入分析）。它是富有魄力的庭园杰作，但园子里所有石块都没有“背面”。龙安寺的石庭也是如此（p.213）。正面构图很和谐，正中的空间十分立体，但是绕到侧面，景色就变得非常单薄，毫无层次可言。石头都朝正面横向排列。这个问题在大德寺聚光院尤为突出，就像站在舞台侧面看布景，又无聊又凄凉。

出现这种现象的根本原因，是日本庭园过分拘泥于绘画定式。换言之，日本庭园处理空间的手法是绘画中的透视法，自然不可能产生有雕刻色彩的空间性。

湖的幻想

银沙滩与向月台不仅造型优美，还有更复杂的深义。夜幕降临，

大德寺聚光院的庭园。从上图的正面看，复杂的山水景观别有一番风味。但站在下图的侧面就只能看到纵向排列的石块

西芳寺的枯山水（上），从侧面看（下右），从后往前看（下左）。从正面看，石块摆位巧妙，就像飞流直下的瀑布。但从侧面看，景致扁平化，仿佛舞台剧的布景。从后往前看，石块三段式分布毫无美感，也没有空间性与雕塑性，仅保留了平面效果。龙安寺的石庭置石也有同样缺陷建在山阴处的庭园的一切都会被吸入浓密的黑暗中。白天显而易见的不和谐配色与矛盾的紧张感也消融其中。没过多久，月亮从黑漆漆的山峰背后升起。白沙丘绽放的银色光芒诡异地浮在半空，化作天地的中心。它静谧而庄严，仿佛不属于尘世。

世界无边无垠。

其实建造慈照寺庭园的主要目的之一，就是欣赏东山升起的月亮。义政写过一首和歌：“吾庵就在　月待山脚下　渐斜的天空　投下暗影　令人感慨万千”。可见“月待山”是最关键的参照物，庭园中的一切建筑都是对照这座山配置的。月亮倒映在阁楼前的池水中，更为庭园增添了几分韵味。

夜半时分，月下设宴，吟诗诵词，对酒当歌。贵族的传统娱乐就是如此风雅。慈照寺的庭园结构非常适合举办这类活动。但要只是将山峦纳入庭园，把月色据为己有，或欣赏倒映在水面的月影，慈照寺就和其他庭园没什么分别了。

但慈照寺有沙堆。沙堆跳出了依托自然的朴素，积极的构想令人惊讶。

月亮升起时，宽阔的银沙滩忽然化作广袤的湖面；向月台的台顶则化为满月，闪闪发光，与天上的月亮遥相呼应。

在这一刻，沙堆不再是单纯的象征，它跳出了造型美的范畴，跃入现实与非现实交织的梦幻世界。毋庸置疑，银沙滩是水的象征。慈

从观音殿俯瞰庭园

照寺的宣传册里写道，银沙滩是相阿弥（足利义政的臣子，负责鉴定、整理中国传入日本的书画、茶具等美术工艺品，擅长南宋风格的水墨画，留下许多名作，比如大仙院纸门上的画作。出于这些原因，民间传说许多庭园都是他的作品，但大多没有确凿依据。）参考中国西湖建造的。宣传册上的东西往往是一本正经的胡扯，可信度不高，但这一点我有切身体会，设计者的确想用银沙滩打造湖的效果。

水自古就是日本庭园不可或缺的元素。月与水，或者更进一步——用沙子隐喻水后，月、水、沙的组合应该也别有一番深意。

我们能从中解读出禅的意味。

佛学中有一个词叫“真如之月”[①]，可见月亮是开悟的象征。月亮有时会被迷惘的云雾与浮世的风雨遮挡，陷入短暂的黯淡。但在厚重的云层后面，它依然释放着明亮的光芒。一旦烦恼被吹散，圆满、没有一丝阴霾的真如之相便再次呈现在世人面前。

倒映在水中的月亮象征人的烦恼。你以为月亮在水里，伸手去抓却什么都抓不到。等到放弃了转身要走，却发现闪闪发光的月亮又重新出现在水面上，扰乱你的心绪……在佛教的世界观中，与实在的世界（不动境地）相对的是我们这些凡夫俗子苦苦挣扎的尘世。尘世中的一切，都是镜花水月般的虚妄。

然而，不能因为水里的月亮不是真的，就断定它不存在。水

---

①比喻由于体悟真如，自一切迷惑中解脱，有如明月划破暗夜。

中倒影也是不争的“实在”。它体现的就是既虚又实，既实又虚，色即是空，空即是色的真理。“水月”还暗喻两件事物心无杂念地合二为一，也比喻开悟。在慈照寺的庭园中，月与水的象征意义通过非常规的材料银沙，实现了技巧的突破，转化为巨大震撼力。月夜下的银沙，便是月色中的水。不过银沙滩虽为“实在”，却终究不是真正的水。向月台上的“月亮”则与虚空之水呼应，包含了形而上的面貌与含义。

借天上的月光令地上的湖与月现形，的确似实而虚，似虚而实。它直截了当地表现出禅的辩证世界观，既有感受性，又具思想性。

既然提到了夜晚的景观，那也讲一讲银沙滩上的条纹吧。

宽阔的白色表面上，平摊开九道等宽的粗条纹，朝着缓缓攀升的月亮。每一道条纹都由无数平行的细线组成，仿佛将天空中的光芒引向观者。九道条纹犀利地浮现在月影下，好似梦幻的水脉，让每个观者都印象深刻。

如果银沙滩上的纹路是写实的波纹，必然无法收紧由沙子形成的广阔平坦的单调，进而将其升华到另一个高度。所以我认为，这种将水脉抽象表现的做法非常大胆，也非常明智。不过，银沙滩上的条纹从一开始就是这样的吗？

让我们来一段愉快的想象：如果我是这座山庄的主人，会在月亮爬上山头的时候，将宾客带进院子，大家一边与月光下闪闪发光的白沙嬉戏，一边在宽敞的舞台上发挥各自的想象。人们可以随性作画。画好再抹掉，抹掉再接着画……人影在沙滩表面无休止地舞动，心灵肆意地驰骋。

我总觉得，庭园再好，戳在一旁毕恭毕敬地欣赏前人作品也是很无聊的。若观赏者参与到庭园的创意中，成为庭园的创造者，边创造边观赏，这样的庭园多么鲜活、多么美好啊。从这个角度看，我的主意相当不错吧。

说不定古人和我的想法不谋而合。现有的条纹固定下来之前，他们可能就是这样享受银沙滩的。我能找到类似的例证。据说冬天人们会给苔庭铺一层茶褐色的枯松叶，确保苔藓安全过冬。游人造访时，就请他们发挥创意，将绿叶点缀在枯叶上。

虚与实

言归正传。深入分析虚与实是很有必要的。让我们再次回到白天的慈照寺，观察一下整座庭园吧。

现在，我们已经把那片广阔的银沙滩看作一面湖了。可大家不觉得奇怪吗？银沙滩后面分明还有一座“真池塘”，而且乍看之

银沙滩九道条纹

下二者是相接的；向月台的轮廓也和前方的“真山”叠映。也就是说，这里的山和湖都有虚实之分，形成了两组执著的对比。我们能在其中发现相互重叠的虚与实。

当然，所谓的“真湖”不过是个小池塘，是人工的产物，周围摆着许多奇岩怪石，模仿断崖和小岛的样子，错综复杂；还利用透视法，让人产生这是一座大型天然湖泊的错觉。背景中的山虽是借来的自然景观，但通过在山脚配置水和石块，硬是把不太高的小山丘打造成了巍峨峻岭。如此一来，这些景观本身已是既实又虚了。

光这样不算稀罕，中世所有庭园都是如此，在有限的区域中把自然的缩影搜集整合到一起，打造出一片广阔的天地。

但慈照寺庭园的景观（包括银沙滩与向月台）显然别有用意。人们用无情的沙子塑造棱角分明的沙堆，把反自然的人工特有的粗暴不加掩饰地摆在观者面前，借此挑战庭园背景中的自然。

多么大胆！无比紧张的虚实大戏就此拉开帷幕。

水与沙（虚的湖），两者之间可能存在的所有联系都被剔除得干干净净，形成彻底的阻断。这里存在一个空虚的空间。

这种阻断让水变得更像水，在其影响下，连沙子也变成了水。

这样说可能让大家觉得虚实之辨分外神秘晦涩，但以上形容非常贴切，无须更多解释。这就是艺术层面的技术与表现手法。

实池与虚池的重叠

刚才我们从禅的影响切入话题，“虚与实”也能让人产生关于佛教的联想。但我希望大家不要戴着宗教的、学究的有色眼镜看待这个问题，因为这是艺术层面非常具体的一种直觉。

艺术中隐藏着根源性的矛盾。它在对立统一的基础上释放出强烈的个性。矛盾元素的对立是艺术的本质，也是艺术最根本的组成元素。常有人将艺术和恰到好处的消遣、考究的喜好混为一谈，但艺术的内涵与层次和它们完全不同。这一点绝不能搞错。

出于这方面考虑，我才在书中重点分析了慈照寺的银沙滩与向月台。不过，老实说，慈照寺也不能让我完全满意。用严格的标准仔细观察，就会发现其中也有过于模棱两可的部分。一定是平时打理庭园的人没有一以贯之的审美，太可惜了。

当然，我们没有必要将沙堆定性为固定不动的东西，历史的长河已经一点点改变了它的模样。在我看来，要是今人再大胆一些，有意识地用近现代的感触激发它、推动它，银沙滩一定会散发更令人颤栗的美。

也有其他庭园以各种形式呈现了虚与实的二元运用。接下来，我们将在更广阔的视域范围内探讨虚与实，并扣问庭园的本质课题——自然与反自然。

借景的庭园

逐渐消逝的技术

有一种庭园叫“借景式庭园”。

设计者将园外风光巧妙纳入园内，让其成为组成庭园的一部分。如此一来，即便庭园面积有限，也能欣赏到磅礴景致。外部自然美与内部人工美的绝妙搭配，自会呈现一派和谐景象。

细细想来，借景其实是造园术中最本质的技法。从中世到近世，“无借景，非名园”的观点确实深入人心。可见借景的确是造园领域的一大课题。

可惜今天我们已经很难看到原汁原味的借景式庭园了。有的是园子早已荒废，不成原样；有的则是园子状态尚可，但周围建满民宅，长满茂密的树木，还筑起了围墙……总之，周遭环境面目全非，偏离了设计者的初衷。不知不觉中，人们甚至忘记了借景的本意。大多数庭园就这样走向封闭，最终与世隔绝。不过，我们仍能在其中找到借景的痕迹。

位于大和小泉的慈光院以精心修整的花木闻名，这是一座典型的借景式庭园，将背靠高山的广袤平原纳入庭园的景致。从修学院离宫的上御茶屋望出去的景色也基本保留了设计者的原意，算是例外。（不过这座园子本来就大，叠加宏伟的远景后不觉有些重复，所以这例子也不算特别恰当。）

紫野的大德寺方丈庭、真珠庵的七五三置石、孤篷庵的庭园、南禅寺的方丈，都有借景的印记。如今的龙安寺石庭只剩下狭小的园子和其貌不扬的石块。但当我们站在园子正面肆意想象，恍惚间仿佛还能领略几分曾经的风采。

据说曾有不少借用琵琶湖景色的庭园，然而这些借湖为景的庭园几乎都没能保存下来。（如江州朽木谷的周林院。）

至于借河为景的庭园，最出名的就是后鸟羽上皇[①] 的水无濑离宫了。上皇还留下一首和歌，与这座园子颇有渊源："放眼望去，山脚薄雾缭绕，正是水无濑川流过的地方　人们为何只觉得秋天的傍晚别有情趣呢？春天的傍晚明明也是如此动人。"要是这座庭园还在，风景该多么壮阔啊。除此之外历史较短的还有松花堂的

---

① 1180－1239，日本第八十二代天皇，文武双全，命人编纂的《新古今和歌集》流传至今。

京都修学院离宫，从上御茶屋眺望（上）
妙心寺退藏院（下），草木生长，后方竹林日益繁茂，挡住了远景

书院前庭、以淀看席闻名的西翁院藤村庸轩[①] 的茶庭等。还有当麻寺中之坊这种比较特殊的案例，它借用的是天平时期的东西双塔。

“借景”这项技法是怎么得来的呢？

这要从庭园的历史说起。古代贵族将高水平的舶来文化独具的“豪华绚烂的人工美”牢牢抓在手中。飞鸟、藤原和平城京的遗迹足以供人想象当时都城的规模何等宏伟。瞧瞧正仓院收藏的文物和留在各寺院的文化遗产有多豪华，就可想而知彼时的贵族过着怎样的生活了。在这层外衣之下，潜藏着人们对哺育整个民族的朴素自然的热爱与怀恋。这种感情源远流长，永远无法抹杀。所以贵族们在都城内外修建了各式各样融入自然元素的离宫、别墅和山间寺院，这些地方正是他们逃避现实、品味乡愁的好去处。不必追溯到古代，今天经济富足的人也在如法炮制，没什么稀罕的。

手握重权的贵族建设宅邸或寺院前必定百般斟酌，不是请人占卜吉凶，就是特意挑选一个能俯瞰领地的位置。景色优美或许也是一项重要条件，他们势必想把青山绿水尽可能原封不动地收入自己的庭园，于是用尽巧思，构想各种与他们生活情调相符的创意。

宏伟的建筑曾多不胜数，可惜今天只能在文献中一窥它们的

① 1613－1699，日本茶人，跟随千宗旦学习茶道，是庸轩派茶道的开山始祖。

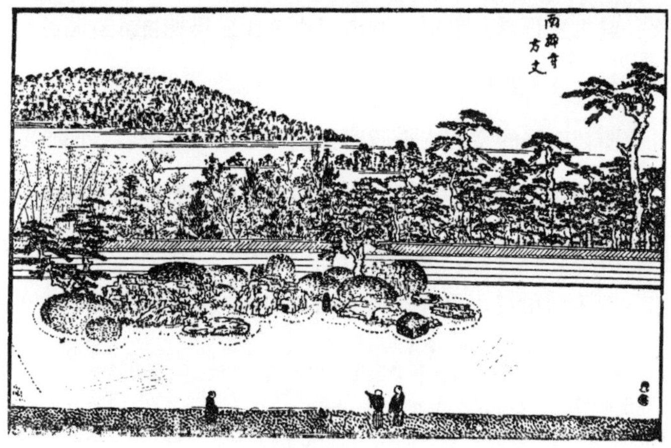

南禅寺方丈南庭（上），矮墙后面起的建筑挡住了远处的风景
《都名所图会》南禅寺方丈（下）

风神。比如飞鸟时代齐明天皇[①]的吉野离宫、将浩瀚的琵琶湖纳入景致的天智天皇[②]的大津宫、圣武天皇[③]的紫乐宫……再把时针往后拨一些，还有今人仍能亲眼看到的安芸宫岛。濑户内海成了宫岛庭前的"池塘"，宫岛本身则化为池中小岛。平清盛[④]的构想可谓石破天惊，但宫岛的设计并未偏离前人的路线。

随着时代变迁，人们渐渐不再建设这种大规模的庭园。庭园越来越小，越来越私密。建造园林的技术逐渐朝细腻的方向发展，力图在小空间中凸现恢宏的自然景观。

古代社会瓦解的同时，贵族权力受到极大的限制。到了室町时代，城市文化迅猛发展，城市周边确实变得拥挤。造园技术的演变，是社会发展的必然结果。

若要在有限的空间内搭建庭园，营造自然之美，人们一般会小心翼翼地隔开庭园和外界，种上树木，配置石块，开辟一片全新的天地。如若庭园周遭就有动人的景致，当然没有必要刻意挡住它，顺势利用岂不更好？只要划清庭园和外界的分界，界外景

---

① 594－661，日本第三十五代和第三十七代天皇。齐明天皇是其第二次在位的称号，在位期间迁都飞鸟。

② 626－672，日本第三十八代天皇，在位期间推行大化改新，使日本走向法治化道路。

③ 724－749，日本第四十五代天皇，笃信佛教，积极营建佛寺，在位期间出现了天平文化盛景。

④ 1118－1181，平安时代末期权臣，日本历史上首位军事独裁者，也是武家政权的鼻祖。

色就能成为庭园的外延，观者也能享受更为壮观的情趣。

思绪进一步延展，你会发现京都有许多名园都以都城周边的小山丘为背景修建。从这个角度看，慈照寺、天龙寺甚至西芳寺也不是不能归入借景式庭园的范畴。不过在接下来的讨论中，暂且不论直接、朴素地将庭园与山峦相接以作延续的情况。

不可思议的空间

我想说的是符合借景初始定义的借景式庭园。庭园与远景之间存在断层，但它们跨越了断层，形成有机的呼应。这种借景并非建立在庭园和庭园的延续形成的一元均衡上，而是在保留自然元素与反自然元素对立关系的同时，将两者结合。这正合乎我之前提到的虚实对比。换言之，是以虚无为媒介，以阻断为前提的多层次的紧迫感。

前文提到的艺术辩证法也是这样。古老的日本庭园里暗藏着令人惊愕的法则，却不曾有人从这个角度剖析庭园，也没有人将庭园上升到本质问题的高度。真是太不可思议了。唯一的解释是，一直以来人们都遵从传统定式去观赏庭园，没有将其视为一种艺术，没有用对待艺术的方式与它发生切身的冲撞，并体会其中感受。

且不论借景式名园曾被赋予何种含义，总之我认为，借景与近代艺术课题有相通之处，是一种根本方法，能让我对它产生现实层面的兴趣。对今后的庭园设计而言，它也是我们必须研究的重要课题之一。可惜今人规划城市时，往往会忽略这一点。

思考借景技术的本质意义之前，先来探讨一下借景的动机。

我刚才也说了，一个地方若能让人产生建设离宫、别墅等美丽庭园的欲望，说明此地自然风光秀丽。只要把房子建起来，身处其中向外眺望，就是一座绝美的庭园。

但若只是单纯欣赏未经修饰的大自然，就失去了生活中的创造性。如果无法感受到自己创造的美，不能充分利用自然美带来的艺术乐趣，那还有什么情调和品位可言呢？难道随便什么人，只要在风景绝佳的地方建栋房子就算是庭园吗？

一点意思都没有。这样的东西，当然称不上庭园。话虽如此，要是在一处本就能看到宏伟景观的地方搞出一座盆栽式庭园，把自然风光复制进去，那不仅大大糟蹋了可贵的景致，也产生不了任何意义。

近年来，在旅游胜地的酒店或旅馆门边，我们总能看到店家精心设计的庭园。明明抬头就是壮丽的群山峻岭，却偏要按照传统的习惯在园子里摆几块奇形怪状的石头，或挖个小小的池塘，用各种小道具堆砌出一个庭园。这样做毫无意义，还会破坏大自然的美和气势。

直面自然、理解自然，充分激发它的魅力，创造性地参与自然之美——这样的技术必不可缺。借景式庭园最考究、也最高难度的技艺就在于此。

加贺前田家的史料中记有这样一件趣事：江户初期的藩主前田利常[①]对庭园很感兴趣，所住城池的庭园都由他亲手打造。可小堀远州（江户初期茶道、造园大师，据说桂离宫就是由他设计的）一见到他的作品便嘟囔道："堂堂大名，园子却透着一股小家子气。如此俊美的高山湖水就在眼前，您竟然视若无睹。"利常笑道，此话在理。立刻填平园中的人工造泉，推倒假山，清走院子里一切人工景观，只剩几块石头。这一来，"湖水自不用论，叡山、唐崎、三笠山也尽收眼底"。远州见状，拍手叫好："大名的庭园就该如此！"

只剩石头的庭园是怎样的？很遗憾，今人无缘得见。但我们能通过这个事例看出，当时的人显然已对借景技术有了一定的认识。

全面接纳大自然的景观。如果必须做点什么才能接纳，也要摒弃要小聪明的伎俩，纯粹而强韧的措施是唯一的选择。只有运

① 1594－1658，安土桃山时代到江户时代初期的大名，加贺藩第三代藩主。

用人的抽象性及性格中的明快与单纯，才能帮助我们对抗自然并充分利用自然的魅力。

借景技术极为特异，也值得我们惊叹。正如我反复强调的那样，它不是将大自然复制到自家小园子里，打造盆景式风光；而是将大自然原原本本地拽进园子。只需一点点小技巧，就能将远处的风光拉近身边。嵌入小小空间的同时，狭小的人工景观也会融入开阔的自然风景，并开始无限扩张，弥散无穷气韵。

换言之，借景使大空间与小空间互为异物，形成极致的对立。双方差异越大，紧绷关系的作用力就越强，越能将司空见惯、平淡无奇的自然空间改写为新鲜而令人惊异的艺术空间。

而催生这种变化的媒介，正是被安置在两个迥异空间里的“空”。

所以我前面才说，真正的借景必须满足一个条件：身边的庭园与远景之间必须存在彻底的阻断。这个阻断可以是平原或山谷，也可以是低矮的土墙或篱笆。这是借景中至关重要的元素。

要是两个对立的空间存在自然而连续的森林或山峦，这就麻烦了。它们会变成毫无用处的屏障，掐断异物的对决，把一切打回原形，变成原始的、毫不动人的自然。

慈光院

再看看大和小泉的慈光院吧。

这座寺院是小泉的藩主、著名茶人片桐石州[①] 晚年建在其领地内的菩提寺。他是第四代德川将军家纲[②] 的茶道老师，挚爱“寂茶”，寺中设有二畳台目（面积仅有二又四分之三张榻榻米大，四分之三张榻榻米称“台目畳”。只放置最简单的点茶工具，是草庵式茶室最为清寂的配置）的茶室，颇有些乡下隐居地的感觉，规模也不是很大。

沿着坡道往上走，踩着葺石（古人为防止古坟坍塌，会在其表面贴一层碎石。慈光院的石板路用的就是坐落在附近的垂仁天皇陵的葺石）拼成的林荫小路，跨过野趣十足的茨城门。四下环境清幽，颇合石州的口味。穿过质朴的玄关，便进入了书院。

此时，无限明亮的宽广平原突然出现在开放的走廊之后，大和盆地尽收眼底。盆地尽头是三轮山、缠向山、布留和石上周边的高圆山、春日山、若草山等大和连山勾勒出的全景，郁郁葱葱。

平原上行驶的火车像豆子一般大小，车头喷出些许蒸汽。成

① 1605－1673，江户时代前期的大名、茶人，是石州派茶道的开山始祖。
②德川家纲，1641－1680，德川幕府第四代将军。

片的耕地间有几条白色的小径，路上有三四辆移动着的自行车和公交车。树木环绕的民宅零星散布。小学的白墙和操场。小工厂的烟囱。左手边，远处若草山的绿色比周遭亮上一个度。山脚下，东大寺大佛殿的屋顶和五重塔若隐若现。奈良的街景则是黑压压的一团。这里很平静，却有鲜活的生活气息。

在这片风光闯入视线前，一切的一切都是狭窄、低调而清寂的。你的眼睛刚刚适应，就邂逅了出乎意料的精彩景色。这一带古时候都是耕地，放眼望去，应是绿油油的一片。

视线移至近处，略显狭小但精心打理的庭园映入眼帘。这座园子出自石州之手，情趣盎然。几乎所有树木都精心修剪过，也是它最显著的特征之一。

右手边高山耸立，足有十二三尺高。庭园铺着沙石，其后大致中央的位置栽种着若干比山低矮许多的树木，层层叠叠，挤在一起。左手边是更低的树篱隔断，只有三尺多高，流利而连贯地将远景与近处的庭园区分开来。

树木枝叶间没有多余空隙，也没有参差不齐，它们被打理得紧凑而整齐，显然是山岳的喻体。自中世以来，众多庭园用石块再现北宋画风的景致，但慈光院另辟蹊径，用修剪过的树木实现了更沉稳、更不容易让人产生隔阂的戏仿（虽然修剪树木同样有人为成分）。

奈良慈光院碎石拼成的步道（左），茨城门（右）

可以说，修建这座庭园时没有借鉴大陆的时髦手法，而是回归到所谓的“日本体质”，不过与民族性相关的问题是非常复杂的。与直接接受国外刺激相比，哪种形式更加日本？这个问题无法在这里展开，也不应该在这里探讨。

无论如何，这都是一种相当独特的抽象化与形式化。（不过日本艺术的特征就是这样。不通过形式化切断与自然的联系、确立反自然的元素，而是进一步深入自然，将其纯粹化。这种挑战自然的方式也算非常特别了。）

然而，要是不管园外风景，只看这座园子，它便显得单调而平凡，沦为不会给人多大触动、有自知之明的风雅世界。

站在借景的角度去看庭园和外界的关系，你会发现，园中修剪得较为圆润的树木轮廓是在复制大和群山平顺、平凡的轮廓线，并未与自然形成严格的对比。

石州虽为大名茶人，却也写下了有名的《侘文》，以寂茶为上。在这座为晚年隐遁闲居所建的寺院里，似乎找不到对抗、挑战大自然的激情、青春与气概。乍看之下，它只是老老实实地配合、顺应自然。

但是仔细观察，你会意识到此地绝不寻常。茶的贵族气质与平民的质朴在石州身上实现极端的统一。他非凡的秉性强烈地贯穿了这座庭园。

慈光院书院前庭精心修剪的树木（上），从书院眺望大和平原（下）

将树木分成三层，便将动感融入植物起伏的轮廓。这种抽象形态的结构看似平静，却暗藏汹涌。每一片叶子修剪过的切口都带有强烈的质感，汇聚在一起，让一望无尽的平原和平原后的平缓山峦等平凡景色也跟着紧张起来。

换言之，庭园之外是平凡的自然，而这座由刻意修剪的树木组成的庭园，是虚假的自然。庭园看似顺应自然，却传递出非比寻常的情感，在借景上获得成功。成功的关键，就在于虚实碰撞。

可惜中间那丛树的正后方已经多出一片相当高的红松林，遮住了背景的原野。拜松林所赐，庭园的设计效果怕是打了个对折也不止。松树长得肆无忌惮，挡住了层层叠叠的山体褶皱，硬生生地把诠释“宏伟山峦”的树木打回原形。于是整座园子显得愈发狭小。树木的质地与远方原野的扩散光原本是相辅相成的对比关系，无奈松林从中作梗，影响了对比的效果。

当麻寺中之坊

既然讲到了慈光院，就顺道看看另一座据说同样出自石州之手的借景庭园——当麻寺中之坊吧，它的风格和慈光院略有不同。

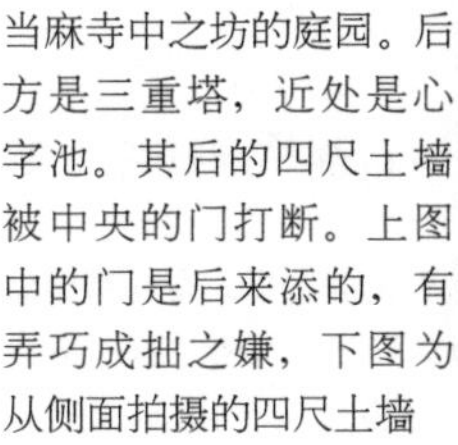

当麻寺中之坊的庭园。后方是三重塔，近处是心字池。其后的四尺土墙被中央的门打断。上图中的门是后来添的，有弄巧成拙之嫌，下图为从侧面拍摄的四尺土墙这里因中将姬[1]的莲丝曼陀罗传说而闻名。

庭园正对着一座不高却非常险峻的山，抬头可见。与慈光院正相反，这座庭园的情趣在于高调逼近眼前的自然。抬头望去，朱漆三重塔（天平时期）耸立在悬崖之上，右手边树丛后则是西塔。双塔优美而庄重，有着沉甸甸的震撼力。

狭小庭园借用的就是这些景观。园中占地面积最大的是结构复杂的心字池和三块茶室前的露地，但心字池形式上缺乏张力，园内景观颇逊于庭外景色。从借景角度看，当麻寺中之坊算不上成功。

但我想请大家关注两种异物之间的媒介——一道仅三四尺高的土墙。它横亘山脚，形成一道界线，强有力地压制住朝庭园逼来的山体。（还抵住许多岩石，鲜活地强调出愈发粗暴的激烈。）

这道土墙调转了庭与山的比例，增强近景的同时，借入后方山体的质感，并把它推到远处。

要是没有这道土墙，或只筑一道正常高度的围墙，这座园子就会显得更小，前方的塔与山也会沉重粗暴地压过来，让人无从招架。

这道矮墙成了有隔断色彩的媒介，使庭园勉强站稳脚跟。如

---

① 747－775，奈良时代右大臣藤原丰成的女儿。因思念去世的生母，在当麻寺出家为尼。相传她用一整夜时间与另一位女子一同在寺院大殿里以五彩莲丝织成一幅一丈五尺见方的曼陀罗，生动清晰地描绘《观无量寿佛经》。

此看来，当麻寺中之坊也不失为一座别有风味的园子。

大德寺方丈、真珠庵

大德寺方丈的前庭有一片宽阔的沙滩，沙滩后是三块巨大的立石，配以精心修剪的树木，景致相当宏伟。但是与之相邻的方丈东侧狭长逼仄，几乎呈直线摆着十六块石头，呈现出截然不同的情致。

寺院地处洛北地区的紫野，古时，周遭是一望无际的田地。置石组合背后有一道低矮的树篱，古人的视线也许会越过它，遥望远方的比叡山。站在走廊上能看到地势更低的茫茫紫野，还有泛着波光的加茂川。据说古人把比叡山比作富士山，把加茂川视作大海，把河畔的松林当成三保的松原，享受景观之乐。在虚荣心驱使下，古人经常这样牵强附会，想象眼前的景色是某个著名景点。而这样做除了让原生态的感动大打折扣之外，毫无意义可言。不过有了上面那些比拟，就不难想象：当年借景后的园子肯定和今人看到的大不相同。

比叡山表面呈紫色，人称“紫峰”。蓝天白云衬得它分外伟岸。放眼望去，眼前尽是鲜艳的绿色；时至夏末，则是波涛起伏的金黄。

大德寺方丈南庭，图中的三块石头代表本尊佛与侧侍佛的组合
后方隐约可见借景的山峦（上），大德寺方丈的东庭（下）

《都林泉名胜图会》大德寺方丈（上）
从大德寺真珠庵走廊看置石（下）

两道略矮的树篱将远景与庭园明确分隔开。近处色彩寡淡的灰白置石组合与远景一定会形成鲜明的反差。可想而知，大德寺方丈前庭当年肯定相当有看头。

宽政十一年（一七九九年）发行的《都林泉名胜图会》中就有大德寺方丈的图画。画者巧妙地描绘出遍地紫野的景象，看来那时庭园很大程度上还保有刚建成时的模样。

然而，《都林泉名胜图会》的作者大概从未想过我说的“辩证式的高级借景技术”——以天空为媒介的虚实处理有怎样的意义，书中插图仅是单调的平面图。即使如此，仍可从图中大致看出比叡山、紫野与庭园的关系，十分耐人寻味。

遗憾的是，如今树篱外的树木已经连成一片，中景成了杂乱无章的街景，毫无风情可言。

方丈后的真珠庵（由著名的一休和尚所建）也有一个小庭园。它也面朝比叡山，园中同样运用借景的手法，横着摆了一排石块。可惜不远处是一片拥挤的民宅，把景色几乎都挡住了，使庭园的视野比方丈那边还要杂乱。用来切割借景的两道矮树篱外，多了一道后人建造的高大土墙。

没了借景的衬托，这组置石只能蜷缩在地面上，空剩单薄的形式。

方丈东庭的布局被称为“十六罗汉布置”，也叫“七五三置石”。

从大德寺真珠庵北侧看置石

石块位置彼此呼应，十分精巧，但整体效果与含义已经不复存在。当年它们的配置与前方远处的山峰轮廓必然相映成趣，否则就没有借景的效果了。

硬是要今人站在走廊，视线越过扑面而来的土墙，穿过不远处的树丛、民宅望到若隐若现的山脊棱线，由此想象小庭园中石块原本的模样并解读其中意趣，恐怕是强人所难。

沿着矮树篱摆放的石块中，有一块居中放置的主石，比其他稍大一些，显得更沉重强韧，分外抢眼。很显然，它和高耸入云的主峰——比叡山有对应关系。

比较的同时，让我们将视线转向两旁。前方主峰“实”的轮廓线，和庭前的“虚”线是怎样交织的？与其他山峰、石块形成了怎样的复杂关系？——大家焦躁又心烦，踮起脚，伸长脖子，一次次变换视角，却还是看不透。

真珠庵置石组合的石块比方丈前的置石小，但配置更精妙，兼顾了多样性又显紧凑，很有味道。

我觉得这组置石和龙安寺石庭的置石有相似之处。两者手法相通，对石块的处理手法应属同源，只是规模与位置完全不同，很少有人能一眼看出。

那么这两座庭园的建造时间谁先谁后，又是谁影响了谁呢？这就不好说了。真珠庵在战国时代毁于兵火，方丈于宽永十五年

（一六三八年）重建，庭园自然也是在那之后落成的。龙安寺石庭的历史似乎悠久得多，但它的建成时间众说纷纭，没有定论。

龙安寺的庭园的确更考究一些。一般来说，“更考究”的一方往往是建筑时间靠后的。“创新”的结果只可能有两种：要么手法更趋完美、效果更为细腻，要么沦为似是而非的残次品。若说龙安寺是前者，那么将方丈东庭归为后者也未尝不可——当然，这只是我个人的直观感受。

龙安寺石庭

龙安寺的置石组合包含更多值得展开的问题。

石庭周围是茂密的森林与夯实的土墙。白沙上的置石仿佛被塞进口袋的诡异宝石（p.37 下、p.213）。但这里说不定也曾是一座借景庭园。

如今，土墙之外遍布高大的松树，视线受阻，否则想必龙安寺还保留着《都名所图会》里描述的模样：“北覆衣笠山，南侧开阔，冬去春来，温暖的空气第一时间涌入院中。”

不过在《都林泉名胜图会》中，龙安寺外已经有了相当高大的松树。有人推测，这幅插图描绘的正是石庭建成不久时的状态。

龙安寺方丈在宽政九年（一七九七年）毁于火灾。两年后的宽政十一年，人们把西侧支院（西源院）的方丈移建过来，这才有了我们今天看到的方丈。根据《都林泉名胜图会》的文字说明，插图绘制于“烧毁”与“重建”之间。

不过，安永九年（一七八〇年）出版的《都名所图会》出自同一位作者之手。书中绘有龙安寺失火前的全景，方丈前面并没有形似庭园的区域，解说文中也完全没有提到石庭。

书上写道：“方丈庭前的假山与池边风景依胜元的喜好所建。”看图便知，当时的庭园和今天的石庭完全不同，下方的池塘才是它的核心。人们心中不免产生疑问：也许那时方丈还没有石庭？

这本书不是唯一的佐证。前些年，人们修葺土墙时发现，粉刷过的墙体下有火烧过的痕迹，很有可能是宽政年间的方丈火灾留下的，然而，比土墙更靠近起火点的置石组合上却找不到一丝一毫火烧的痕迹。于是有学者提出，石庭应建于火灾之后。

若真如此，那么石庭建成时的周边环境就是和《都林泉名胜图会》插图所绘完全一样，跟我们今天看到的相差无几；这意味着它不可能是一座借景庭园。但图注文字指出：“后来，墙外古松越长越高，挡住了原来的风景。这又从侧面佐证石庭原本就是借景庭园。”

有关龙安寺石庭的建设意图、时间与建造者等信息，学界众

《都名所图会》安永年间的龙安寺（上）
《都林泉名胜图会》宽政年间的龙安寺（下）

说纷纭，每一种假说都有相应的依据与动机。

有人认为石庭建于室町时代，是禅院式枯山水的代表作，置石的配置手法很大程度上继承了镰仓时代的传统，是那个时代的典型。（和其他名园一样，石庭出自相阿弥之手的说法广为流传，龙安寺的导览册上就是这样介绍的，还有一群现代文豪盲目鼓吹这一假说，尽管这是彻头彻尾的谎言。）有人说石庭的设计者是江户初期的茶人金森宗和[①]。上文所说"建于宽政年间"则是又一种观点。还有人争论刻在石头底部的"小太郎、德（彦？）二郎"究竟是作者还是建筑工人。总之，学界至今尚无定论。

其实，只要以文献为原材料，充分发挥想象力，拼凑出一套说法还不是易如反掌吗？

后人确实在白沙下面挖出了樱花的残株，也许这座园子以前不只是简单的石庭。

据说龙安寺方丈的庭园一度以垂条樱闻名。据史料记载，关白丰臣秀吉行猎途中路过此地，曾被白雪落在樱花上的美景打动，作了一首和歌。

庭园失火后，树木尽毁，徒余石块。但这副惨状倒别有一番情致，于是人们把留下来的石块整理、配置一番，以别出心裁的创意方式重新展现在世人面前——这种可能性也不是完全站不住脚。

---

① 1584－1657，原名金森重近，号宗和。日本茶人。宗和派茶道的开山始祖。

龙安寺石庭正面（上），侧面（下）

每座庭园都有自己的命运，这条路充满了各式各样的可能。正如前文所说，我们不能拘泥于繁杂的考证，最重要的是它们摆在眼前的样子。从现在的模样出发，发挥丰富的想象，读懂更高层次的含义，才是我们该做的。

年轻时，我在巴黎参加过抽象艺术运动。初见龙安寺方丈庭园的照片，顿时对祖国的艺术传统产生巨大的期望（p.249“阿尔普与点景石”一节）。回国后，我怀揣着这份没有任何附加条件的期许，去了龙安寺。然而，一看到实物我的心就凉了。

也怪我期望太高。造型是现代艺术最重要的，也是永恒的课题；我认定龙安寺与造型问题密切相关，是一个正确的范本。可事实上，我只看到情趣层面的装腔作势，和唯心的自以为是。这种不洁感甚至让我不舒服。

后来，我听说这座园子运用了借景手法，能俯视京都盆地，又可远眺群山。大德寺真珠庵的借景式置石组合与它极为相似，可见这种说法可信度很高。如果真是借景庭园，那就得重新评价石庭了。

如今的石庭，逼得我们不得不将注意力集中在几块受困的石头上，很容易使人陷入诡异的感观陷阱。假若石庭前方景致开阔，站在方丈望向庭园，就能看见右手边的双丘。盆地中央则是细腻整饬、古色古香的京都街景，叫人倍感亲切。木津川在眼前横穿而过，以男山八幡为中心的河内群山连绵不绝……如果庭前是这些景色，置石与这些景观之间必然存在对应关系。

站在大自然的对立面，将其作为另一个极端引入园中。如此一来，老成世故的石块就承载了巨大的气度，远远超过本身的意义。它们也随之豁然开朗，绽放出鲜活的光彩。

石块周遭除了白色，再无其他色彩，与远山和中景形成了鲜明的对比，使石块更为突出。

既然如此，无论史学家与其他专家是否有不同意见，我都决定把龙安寺石庭定义为借景庭园，在此前提下观察、分析。

令人吃惊的是，借景明明是我国艺术史上最独特也最高超的技法，随着时代的变迁，运用这种技法的庭园却被一一破坏，失去了建造的初衷与本质。这种扭曲是日本文化史上的一大问题。

大德寺会沦为今天这般模样，是人口自然增长与城市扩大所致，任谁也无可奈何。但龙安寺和另外几座园子不存在这个问题，只要把破坏结构的树统统砍掉就行了啊……我之前也提到了，这些碍事的树自宽政时期就有了，真是可悲可叹。

不过如今的石庭呈现出一种奇妙的和谐。土墙搭成的“画框”将它围住，后山的杉树为其蒙上一层厚重的色调。这些沉默至极的石块究竟是做什么用的呢?

来龙安寺参观的国内外游客，都会震惊于置石组合无比唐突的虚无感和神秘感。

但我没有被这种障眼法蒙蔽，它太过虚假。所谓的神秘感毫无意义。

人们迷失初心后抛弃的东西本就是不可思议的，有一种特殊的魅力。这是不争的事实。我们只要把它看成一件物品，原原本本地接受就好。可偏偏有人要牵强附会，将其神秘化。这是受困于软弱精神的结果。

无性格造就的鲜活

不如说，借景式置石组合本身是无性格的。若只是单纯的置石，它们的排列就显得非常平面化，没有最大限度地释放魅力。但在借景层面，平面性与无性格则是重要的手段。

借景所利用的自然也应该是无性格的。只有这样的景色，才能在借景的作用下鲜活起来。如果借用富士山这类本身已很完美、很有看点的风景，就无法打造出一座能令人震撼与感动的借景庭园了。

庭园内外的景色都是无性格的，没有什么引人之处。但借助中景的天空牵线搭桥，双方便展开一场本质的对决，在新的层次浑然一体，首次呈现出令人惊异的性格与风貌——杰出艺术作品所用的素材往往都很普通、很平凡，经过创造者的艺术性代入，司空见惯的材料才迸发出不同寻常的个性。震撼与感动便由此而生。一个作品如果只顾展示素材的有趣与稀罕，反而无法产生艺术层面的触动。仔细回忆，你会发现身边不乏这类例子。

所以，只关注眼前的石块，煞有介事地陷入沉思，或自以为找到了个中玄机，其实非常荒唐。长久以来，龙安寺始终让人们惊异，在大家心中无比神秘。但最终也没人能真正理解它，不过盲目地追捧罢了。我看，这就是知识分子一手写就的闹剧。

借景着实是值得世人赞叹的技法，在本节最后，我们再重温一下其中精髓吧。借景，就是在庭园中人为搭建一个完全抽象的虚空世界，以便借用园外的自然实景。然后再把两者抽空，或用低矮的树篱、土墙画出明显的分界，将虚与实彻底隔开。墙本是最具散文色彩，也最实用的东西。但在自然景观的正中间拉一道墙，就能巧妙地切断空间，转化为艺术的世界。多么令人惊愕的技法啊。

如果只醉心于自然，大概不需要这条分界线。哪怕非筑墙不可，也能借助造园技巧毫不费力地把墙藏起来。而且大多数借景庭园的地势较高，不费吹灰之力就能藏一堵墙。若真如此，庭园又会像我之前说的那样，变成人工与自然的简单相接，失去艺术与空间层面的魅力。

在划清界限的那一刻，自然成为真正的自然，人工成为真正的人工；实成为真正的实，虚成为真正的虚。两个对立的极端高度紧张，相互作用，迸发出激烈的火花。

不得不说，这是一种与当代艺术的最新课题直接相通的、令人惊愕的辩证式技法。

反自然的技术

食盒文化

自然环境会对人的性情产生决定性影响，赋予其文化性格，这是显而易见的。尤其在未开化的时代，自然对人类生活的决定性作用更是根深蒂固。一个民族的风俗习惯、神话传说中，都能明显感觉到环境的气息。对于在岛上生活、被限定在固定自然框架内的日本民族而言，更是深入骨髓的宿命。

今日，我怀揣对祖先文化的遐想，周游大和（奈良），再顺道拜访京都，静静追忆往昔。环视四周，我竟生出这样一种感觉——日本文化好像被塞进了狭小的食盒。这是一种焦虑，一种绝望。

平缓优雅的群山环绕中的小世界。宁静的平地。细腻的水流。没有愤怒，也没有激烈的快乐，更看不到苦恼。正因如此，也不存在任何抵触。我们的祖先选择这样一片土地，让文化扎下了根。

十多个世纪中，他们守着这方天地，构筑起自己的文化。

这群山的模样，平原的表面，穿行田间的水流，不正是过去日本文化呈现出的样貌吗？莫非只是我的心理作用？这些景象，仿佛象征着这片土地的宿命。这种怡然自得的暴力，甚至点燃了我的怒火。

暴力——我就想用这个词。下面的内容可能有些自相矛盾。但要生存下去，就必须正确理解生命的整体性。可惜这种环境，让我们迷失了方向。

大陆的自然广袤无边，震慑人心，迫使人们时刻与异物交流、对抗。中国这个大陆国家就是典型的例子。自然环境以不容置疑的形式出现，将与它相处的法则抛在人们面前。墨西哥、埃及等国家面对的则是完全裸露的荒漠与巍峨群山，那是赤裸的世界。越是这样的地方，越能孕育出激烈的反自然、与自然对立的精神。可我们的祖先面对的自然太易于适应、太称心如意了。

从这个角度看，奈良和京都是两个十分相像的食盒。

奈良时代之前，人们还保留着古代纯正的习惯。每一代天皇继位后，都会把都城迁往新址，有效避免了对某种环境的过分依赖。大陆高度发展的文明又源源不断涌入日本，从根本上震撼、推动了这个小世界。

壮丽豪华的堂塔伽蓝如雨后春笋般拔地而起。上古时代的日本人怕是做梦也想象不出那样的景象。让人们惊呼蕃神相貌端严的金铜佛像供奉在殿堂之中，视线所及尽是以人工之美见长的绚烂装饰。都城被东西和南北走向的直线道路规划得井然有序，大规模的反自然都城制式得以构筑。官府发布告示，官吏府邸必须有刷着朱漆的柱子、雪白的墙壁和瓦片屋顶。这就是所谓的文明开化时代。

上代的日本人与自然共生。他们将山海河川世间万物奉为灵物和神明，崇尚质朴的泛灵论（相信万物有灵的原始的心性与世界观）。对他们而言，上述转变无异于一场大手术，被迫与自然断绝关系。

当时的大和朝廷虽已确立了统治，但古代氏族之间的流血斗争还远没有平息。

那是一个激烈动荡的时代，万叶人对自然的敏感也带有两极对立的紧张。

谁知在延历十三年（七九四年），朝廷迁都于山城宇多。自此后，直到十七、十八世纪的元禄年间，文化中心在这里稳稳扎根了一千年。政治上，藤原氏的权力如日中天。遣唐使制度被最终废除（八九四年，宽平六年）后，日本几乎进入锁国状态。能够震惊、撼动文化世界的元素，也随之消失。宫廷女官创作的宫廷文学，仿佛完美呈现了这个世界的情感与喜怒哀乐。

翻过一座山头，就是强盗和凶神在光天化日下出没的异境。然而，贵族们在环绕平地的山中要塞安排了身强力壮的士兵，供奉守卫边境的守护神，将所有异物与自己生活的环境隔开。他们把魑魅魍魉、光怪陆离、必须正视的真实、正确却可怕的事物统统归为不可思议且与己无关的东西，推进山林，打造一座平安的都城。

日本本就是岛国，我们的祖先又在岛上建了一堵墙壁。放弃怀疑精神后，狭隘的视野与简单的自我满足成了食盒文化的宿命。

祖先的选择很明智，但从文化和人性的层面看，在平原大地的庇佑下生活岂不会把自己变成井底之蛙？

在这狭小的文化圈里，万世一系的天皇竟传承了一百数十代。这绝不是什么值得骄傲的事，而是无可救药、死气沉沉的象征。

确实和平，然而和平中没有精彩，故步自封也毫无意义，是虚伪的和平。在日本的历史长河中，让文化窒息、强迫人沉睡的暴力，不正是这个封闭的世界吗？

环抱都城的山峦表面上为人们提供了温柔的怀抱，实则是顽固守旧的围墙。人类生命的奔涌与矛盾，都被这堵墙隔绝了。

在食盒中，贵族们构筑起单纯浅显却狭隘呆板的世界观传统。这样的生活金玉其外、败絮其中，平民百姓如霉菌一般苟延残喘地生活着。

不存在本质对决的荒漠中，消极自保的普适性成了日本文化的性格之一。这绝不是值得高兴的事。

禅的自然观

日本文化的命运自然而然地体现在造园技巧中——只不过转化为绝不与自然对立、在情感上依靠自然的精神。

用食盒盛装大和绘风格的自然，一点也不突兀。从享乐与消遣的角度出发，将自然复刻在庭园中，是当时庭园的特征。

设计庭园的主导思想，是“参照青山绿水、各国名胜，将有趣之处化为己有”(《作庭记》)。古人甚至认为，设计再精妙，人工搭建的石块也远不及天然山水。所以那些略显荒唐的设计，如再现天桥立[①]的景观、在院内烤盐制造烟雾，模仿使用盐釜（熬盐的锅）的样子等，都会受到世人追捧，成为所谓的名园。

然而到了中世，一场思想革命在日本爆发了。

禅宗的崛起是引发这场革命的导火索。这种高层次哲学在镰仓时代从大陆传入，风靡日本文化界。有大陆特色的积极自然观

① 日本三景之一，位于京都府西北部日本海宫津湾内。一条全长约 3.6 公里的沙洲分开阿苏海与宫津湾，沙洲上约有 8000 株松树连绵不断。形状看似天上舞动的白色架桥。

也一起到来，其核心是“激烈地凝视自然、理解自然”。自此，日本庭园形式便产生了天翻地覆的变化，绵延至今。

从镰仓时代到室町时代，武士与僧侣占据统治地位。这两个阶级的生活沾染了浓重的禅文化色彩，住宅形式从贵族味十足的寝殿式建筑变成禅院式建筑。王朝时代之前，庭园是嬉戏、举办各类仪式和单纯用于欣赏的多功能大花园，与日常生活密切相关。但时至中世，人们将一切实用性赶出庭园，打造带有冥想性、纯粹且特殊的自然空间。当然，庭园中的自然贯穿着深奥的禅宗世界观。

禅学虽属佛教范畴，但不像天台宗、真言宗，在抽象和形而上的层面一味追求真理；也不似净土宗，一心想要勾勒出庄严华丽的弥陀极乐净土，或通过堂塔伽蓝、绘画与雕塑诠释净土的美好，将其渲染成为皈依的寄托。

现实世界既不形而上，又不梦幻。它是实实在在的真理的世界。每个凡人都是一尊佛，关键在于能否悟道，即觉察。禅是这样一种极富主体性的修行哲学。

每一座山和山谷，甚至一草一木，无不体现着佛祖深奥的智慧，无不是悟道的契机——这就是禅的自然观。

以往的佛教宗派会建设华美的伽蓝，安置金光灿灿的佛像，以壮丽为上。而禅院连佛像也没有，方丈和书院极尽朴素，但在探究自然之相的庭园中，人们却用上了绚烂的新技法。

“残山剩水”等词语逐渐进入人们的视野。不是朴素地模仿自然，而是提取山水神髓，通过巧妙组合打造一片天地。如此强大的意志终于在精神层面实现了自然的纯粹化与理想化。这个过程中必然少不了“更激烈地逼近自然”等积极思想的支持。

可问题还没有彻底解决。

这个时代诞生的新式庭园（如禅院）呈现出与平安时代庭园截然不同的面貌，无消遣色彩，不模棱两可，也没有类似大和绘的风格。取而代之的是几乎要将宋朝山水画直接转化为立体景观的大陆风光，十分引人瞩目。这种布景让人感到陈旧呆板的自然的酷烈。可这展现的不是日本的现状，而是异域自然风光，而且是被观念化的自然风光。

对我们来说，这是一种超自然的表现形式。因此，它成了我们眼中的异物，呈现紧张感。可这终究不过是依赖、沦落到自然中去罢了。虽然技法别具一格，但算不上真正的“逼近自然”。

禅是不是太偏重于知识分子和文化人的教养与虚荣？这套哲学到底在日本的土地上扎下了多深的根，留下了多深的切口？这个问题很难回答。至少在庭园的表现手法上，我们不得不说，似乎人们并没有正确理解禅宗思想。庭园的姿态的确高尚，却终究不过是仿写。换言之，它充其量只算是冒牌货。

如果禅的世界观真的深深嵌入日本的风土，就一定能深入朴素而现实的日本自然，发现能真正激发其魅力的技巧，进而孕育出适合它的日本庭园。若真能如此，后世的自然观与文化观都将被它大力改写。实在是太遗憾了。

天龙寺庭园就是一个反面教材。据说这座庭园出自梦窗国师[①]之手，久负盛名。庭园背后是富有大和绘风格的娴雅山峦，山体仿佛一颗端坐盘中的和果子。庭园中却造出层层叠叠北宗画式的“山岳”。长达数百年的岁月里，谁都未曾察觉庭园内外的景色是多么不协调。遥想明治大正时期，人们也是身穿传统和服、脚踩西式皮鞋、头顶硬硬的圆形礼帽，还以此为美，认为这副打扮特别绅士、特别文明。这么看来，把不搭调的东西凑在一起，说不定就是日本独有的变态传统呢！

这种不搭调显然是形式主义搞过了头，同时也暴露了人们对统式样的麻木。至于庭园的细节问题，就更不胜枚举了。

总而言之，这种不搭调的样式看似是在猛烈地靠近自然，其实只是对其进行观念上的加工与美化，说到底还是脱离自然。

①梦窗疏石，1275－1351，日本临济宗高僧。一生不求名利，不进权门，精研佛法，大扬禅风，曾被朝廷敕赐七大国师尊号，称“七朝帝师”。

模棱两可的自然主义

这样一来，就出现了造园最根本的问题——自然与反自然。

即便今日，大多数人依然觉得日本庭园的最高境界是运用自然、接近自然的本来面目。但若将庭园看成一种艺术，上述状态就很奇怪了。

首先，建造庭园的行为本身就已经是不自然的了。为了赞美自然而去模仿自然，向自然靠拢。换句话说，就是把自然人工化。可越是讲究，打造出的自然就越做作。这样，所谓的人工美就因过度依赖自然沦为一种形式，停留在展开概念形象的层面上。

既不是自然，也不是非自然，而是介于这两种极端之间，处于模棱两可的状态。在许多庭园中我都感受到这种安于现状的氛围，让人倍感焦躁与遗憾。

封建日本的自然主义的不彻底就体现在这里。明明可以反其道而行之，通过积极的反自然行为挑战自然、激活自然，一并激活与自然相对的人工美，可惜日本传统庭园最终也没摸索到这种技巧。

我总会情不自禁将这种堕落到自然层面的美，与无情而有魄力、呈现出强烈心性之美的东西（如埃及金字塔和宫殿、墨西哥的古代遗迹等）做对比。它们将精神生活表面的紧张与强韧表现得淋漓尽致，没有丝毫软弱，是挑战自然的人工美，强烈到让人几近恐惧。同时，这种美也激发了与其对立的自然，震撼人心的活力与美感在我们眼前展开。

即便没有如此强大的魄力，西欧庭园显然也提倡反自然的人工，与日本的造园技术形成对立。庭园描绘的一定是自然这层底色上的形象。无论是意大利宏伟壮丽、面朝地中海的文艺复兴式贵族庭园，还是法国、英国的宫廷花园，举凡华美的庭园都必然依托美丽的自然环境。它们都具备规则的几何形状，园内配置花坛、树木，还有华丽的喷泉，雕塑也随处可见。放眼望去，尽是反自然的人工美。

中国的庭园也有极强的人工性。神秘的结构让人目不暇接，配以奇形怪状的太湖巨石，打造自然与人工的极端对立。皇家庭园其实是观赏后宫佳丽翩翩起舞的秘苑。由此也不难看出，中日两国对庭园的理解差异，更甚于中日两国在料理上的差异。

我不是在长篇累牍地论证西欧与中国的造园技法比日本优秀。在我看来，日本庭园反而更复杂、更精密，呈现出的技法更令人惊异，只是在理解自然的方式上出了错。尽管缺失真正的哲学支撑，园林技法却一枝独秀，发展惊人。日本庭园的品味与韵味绝佳，却令人绝望（日本艺术界其他领域也存在同样的倾向）。

表现山的情趣，就用“山的雏形”——假山，或与山有共通之处的岩石。真是朴素极了。

将人工彻底升华为异物，与自然对立、碰撞，突出自然美，同时人工美在规模宏大的背景中流露出神秘的气息。人工与自然的紧张关系得到两个极端的双重强调——既有鲜活的人性，又极为自然。我们可以把这种关系归纳为“自然性反自然精神”。正是这种精神，激发了艺术的美与力量。

这是当今每位艺术家都要面对的重要课题，也是必须深入了解的部分。不过篇幅有限，无法详述，还是说回具体的庭园技法吧。

枯山水

如前所述，日本的庭园技法非常依赖自然。然而，纵观古今东西，一切能在精神上打动、俘获观者，且富有创造性的作品，都必然会用到反自然的技巧，即便自然主义作品也不例外。日本庭园不可能破例。乍看之下是“自然一边倒”，但深入分析就会发现日本庭园中也暗含大量反自然技法——因为不用不行，园内各个角落都留下了蛛丝马迹。

被大幅修剪的树木就是个中典型。但要在组成庭园的各个元素中，挑出对自然挑战最大、反自然色彩最强的，那恐怕非置石组合莫属。大多数情况下，置石披着自然的外衣，实则是极具人工性的重组与统一，无时无刻不在挑战自然。

人们建造庭园时，似乎没有从真正意义上察觉这种反自然精神。那些流传至今的造园秘籍不是像《山水并野形图》那样一味强调天地人、阴阳、方位吉凶等非艺术性规则，就是像《庭坪图秘传书》《相阿弥筑山山水传》那样一个劲儿传授形式化的定式，好比真行草、守护石、礼拜石、主人石、客人石等。

这些东西或许可以说属于非自然范畴，却算不上反自然。在对自然的认知上，相较平安时代的《作庭记》，后世的造园书籍反而退步了。不过动机、规则和实际呈现的结果是两码事，还是从结果着手分析吧。

表现手法极为考究的反自然技法典型莫过于枯山水。

枯山水极有目的性地使用反自然技法。配置石块与白沙，时而配合精心修剪的树木，不用一滴水就表现出茫茫山水的情趣——龙安寺、大德寺方丈和真珠庵就是如此。西芳寺洪隐山附近、大德寺大仙院、西本愿寺大书院前庭（虎溪庭）也是标准的示范。

镰仓、室町时代，枯山水主要出现在禅院的平庭中，不久后广泛流行。一些泉水丰富的大型庭园也开辟了枯山水区域，引入

京都西本愿寺对面所前的虎溪庭

枯瀑布、枯流等景观，增添情趣。截至平安时代，古代庭园都以观水为核心，中世后观石逐渐成为新的主题。观念的变化，也象征着庭园历经两个时代的变迁。

或许我们可以将这两种主题分别归为日本型与大陆型，对比分析。不过我认为，现在依然存在于日本的舶来文化也是我们的传统，所谓“大陆型”并不是说非日本。反之，思考今日的日本庭园时，若不关注、分析中世之后的“石传统”，就没有任何意义了。

也许枯山水的样式是和禅宗一起，从大陆传入日本的。所以也有人主张“枯山水”的正确写法应为“唐山水”。且不论这种说法是对是错，枯山水的氛围的确受当时刚传入日本的新思想，也就是禅宗观念的影响，可谓是禅宗观念的集合与象征。因此它算是在禅宗影响下形成的庭园代表样式。在没有水的浅滩聆听水声潺潺，在干燥的岩石表面听闻大瀑布的轰响……仅是这样，不就很有禅的意境了吗？

仔细想想，日本自古以来的庭园传统中也能看出这门高超技艺的基础。水向来是日式庭园必不可少的重要元素，也许假山不常见，但一定有水。平安时代的贵族庭园，寝殿正面必然会有一座雅致的小池塘，园中必然有园外引入的水流。这种样式当时就已完全成型。

然而，如果这是日本庭园铁打的传统，没水的地方要怎么办

大德寺大仙院的枯瀑布与水道（左），朝仓府遗址中的庭园（右）

呢？早在平安时代，就已存在类似“枯山水”或“干泉水”的说法了。古人把没有水的庭园称作“干泉水”，无论是整座园子或园内某部分没有水，还是狭小的盆景式庭园，都能用这个词来形容。

我们想象一下这种情况：园子里起初有水有石，但后来池水干涸，人们发现这样也别有一番风情，便顺势将这种情致利用起来。泉水干涸后留下干燥的石块与原先蓄水的凹槽——我们经常能在荒废的庭园看到这幅景象，很是凄怆。不过想象有水的样子，好像还是现在这样更好些。福井县越前朝仓府汤殿遗址的庭园尤其如此。

妙心寺退藏院也有无水的枯池。这份情趣明显烘托了庭园的整体气氛。

这么看来，枯山水真有可能是从干涸庭园特有的韵味中衍生出来的“干泉水”。再加上平安时代之后，日本人尤为钟爱无常寂灭。据此推测，没有水、倍显凄怆的池塘，一定极大地激发过人们的诗情。也可以说纯粹的偶然孕育出全新的必然，提供了绝佳的契机，实现了艺术形式意想不到的发展与飞跃。

我们大可不必紧抓着造就枯山水的偶然性与感伤情怀不放，因为它已升华成为强大独立的艺术。这个过程的催化剂，就是我之前反复强调的技法：以虚写实。

不妨看看西芳寺洪隐山后的枯山水。山体表面覆盖着湿润的

西芳寺洪隐山的枯瀑布（上），妙心寺退藏院枯池上的石桥（下）

苔藓，层层叠叠的石块纹丝不动，倍显静谧，却模拟出迫近观者的巨大瀑布——飞流直下，水声滔滔，仿佛还有凉凉的水珠落在皮肤上。用“动静如一”形容这种状态真是再贴切不过了。

这的确是枯山水中的杰作。此后，人们又建起技巧性与反自然色彩更强的庭园。它们也被称为枯山水，但其侧重点不是让观者感觉到水，而是通过石块与白沙的配置呈现情趣，是一个全新的类型。

龙安寺、大德寺大仙院、西本愿寺虎溪庭（从伏见城移建）、南禅寺金地院和方丈南庭、大德寺方丈南庭等名园，就是这个类型的代表作，妙心寺东海庵则是盛极而衰的晚期作品。

普通人往往认定庭园是对自然的模仿，看到那些别出心裁的置石时，他们的第一反应必然是吃惊。枯山水在这方面的确别有风情，也正因如此，上述庭园才会成为大众心目中的名园。可如此庭园未必能打动我，甚至还让我莫名地扫兴。

就拿龙安寺石庭来说吧——它散发着一种将自然概念化的奇妙浮华气息。过分讲求形式的大仙院，也留有让人不太愉快的余味。虎溪庭、金地院更是走上巴洛克路线，透着桃山时期大名的品位。我不认为它们是艺术的本质，也不会因它们感动。既然用了反自然的人工技巧，为什么不把反自然贯彻到底，超越虚张声势、矫揉造作、浮华和装腔作势呢？这样的庭园，不过是动了点儿和自

南禅寺金地院的鹤龟石(上),妙心寺东海庵的庭园(模仿龙安寺建造,下)

然不相关的脑筋而已。

如果一群身着五颜六色的衣服、打扮得花枝招展的人里，有一个人穿一袭朴素的黑衣……对比就异常鲜明惹眼。我在前一章介绍过，当年光琳就凭借对比，帮资助者的夫人赢得众人目光。但这不过是反其道而行的把戏，绝非艺术创造，也没有将问题正确、勇敢地向前推进的意思。

说这些看似莫名其妙的话，是因为龙安寺石庭和那些所谓的名园让我隐约有了这样的印象。走进石庭的人都会先为它的“虚像”吃一惊。换言之，大家是为园子里什么都没有而惊讶。空间如此宽敞，却只在五六处地方摆放石块——感受配置的美感和石块的形态美之前，先被出乎意料的虚景吓住了。

况且京都这座城市本就细腻得如盆景式庭园一般，京都的庭园有多细致精巧，就更不用说了。整个环境中，只有石庭空荡荡，而且不是单纯的空无一物。为数不多的石块，反而增强了虚景给人的触动。

这些石块的确有抽象效果。

其他枯山水庭园或多或少都有类似的倾向。然而，就像我着意说明的那样，这种手法仅停留在反其道而行的小聪明上。

水的确被抽象化了。人们用石与沙表现水，并通过否定的媒介，让水在新的层面绽放新的光彩。石与沙几乎站在水的对立面，是与水完全不同的异物。（但若在白沙上画出波浪以解释说明，这种表现水的手法则令人生厌。）

山完全没有经过这种处理。人们用石来表现山，石与山之间没有任何隔阂，石头能让人联想到山。不仅如此，人们甚至用形状奇特、神似山水画中奇山怪峰的石块，以最质朴的样式搭出了山的形态。（中世后的庭园的确很大程度受到了山水画的影响，石头和山岳的画法没有本质区别。）

人们虽然在枯山水庭园中用了石块，却不视它们为石块。虽是石头，却不是真正的石头。所以我认为，龙安寺与大仙院虽是人们心目中的杰作，却也有不彻底的一面。

好不容易用了反自然技法，开始追赶自然的步伐。可一旦失去这股气势，极有可能沦为形式化的自然。比如人们会用“八”字抽象而直接地表现富士山。起初这种意图新鲜而强烈，久而久之，只要画一个“八”字，就成了富士山——“八”就沦为单纯的符号，成了最低劣的形式主义。我在《今日的艺术》中也分析过这种现象。说枯山水不够彻底也是这个道理。

日本庭园的模棱两可仿佛都体现在这些枯山水庭园中，极具象征意义。这里说的“模棱两可”，是既不彻底与自然融合，也不反自然的软弱。明明提出一个重要的问题，却耽于情趣，走向堕落。所以枯山水里有装腔作势的成分，少了艺术的严肃。

置石的三种动态

接下来，我们看一看更普遍的置石组合，也就是以最自然的状态组合起来的石块。不过如前所述，如果只是照搬园外自然，或模仿自然景观的外形，就没有挣脱对自然的依赖，不可能打造出感人的作品。

首先，应当理解石块的美。石块的重量、体积、风雨描画的色调、苔藓的纹理……每个细节各有风味，但更重要的是置石组合整体的结构美；以及石块之间紧密、必然的关系中孕育的动与静，和由紧张感造就的美。要从自然中汲取精华，再反过来用它们挑战自然。

在这个过程中，石头仿佛有了生命，不再是徒有形式的排列组合，而是通过空间与力学结构的动态感打动观者。

在走访各家庭园的过程中，我逐渐萌生了一种想法：应当把日本庭园自然置石结构的动态分成三大类。

第一种动态，是岩石破裂、坍塌的模样。它魄力强大，给观者极大震撼。第二种动态是大地隆起、喷发的形态。溢出、高涨、再逐渐崩塌，整个过程强而有力。第三种则是在水流推动下滚到某个位置，并就此固定的状态。使用的是岩石，却能让人感受到水的质感。

这三种置石组合可以利用庭园所在地的地势起伏，通过前文的规则，或以蓬莱、须弥山、鹤龟等主题为资源，将它们转化成多种形态，视情况加以运用。

说到这里，大家可能会觉得这类示例随处可见，其实不然。其中，西芳寺在很大程度上回归了自然，置石组合也相当合理，以它为例应该最方便大家理解。

好比之前提到的枯山水，就呈现出了“挺拔的同时坍塌”的状态。我们可以将它看作第一种动态的实例（p.175 上、p.237 上。西芳寺庭园详情可参阅 p.44）。枯山水下方的开山堂前有一组层次分明的置石，粗野而有力地展现出自然的效果，成为西芳寺庭园中我最欣赏的部分之一。每踏一步，置石结构都有细微的变化。线与面的交错，也使人分外心动（p.30-2）。

另外，山脚下的山门“向上关”周边有陡峭的阶梯与山崖，此处体现出崩塌的石块特有的激烈质感与体量（p.33）。自然的节奏被充分利用起来，转化成阶梯。这片区域与开山堂前的置石组合同样出色。

第二种动态，也就是自下而上隆起的石块，可以在须弥山的置石组合中找到。它位于开山堂下的平地，孤立的状态在某种程度上弱化了置石组合给人的印象。但也有人说，这组置石原本是鹤龟组合中的“龟”。不难想象，它周围的环境肯定和原来有很大差别。从最下方的向上关一带，到这片置石组合；再走石阶向右绕一个弧线上到枯山水庭园，再朝左直到龙渊水，这一系列景观起初必然是用相似的氛围串联起来的。既然如此，它们就是一曲构思宏大的变奏，其中一定有某些部分会带给人强烈的动感。然而，如今位于景观中心的是平淡无奇的开山堂，整座园林的气氛都被它破坏了。

第三种动态在哪儿呢？开山堂下方有一座以黄金池为中心的庭园。庭园西南角影向石附近，有一块小山谷似的低地，其中零散分布的石块完美呈现出了这种感觉（p.31-6）。

汇入池塘的水原本会流经此地。石块上鲜明地留有水流冲刷的痕迹，据此推断这里很可能曾有一座瀑布。可惜水道干涸，空余小山谷般的低洼地形。石块上长满厚厚的苔藓。

听说西芳寺遭受过多次涝灾。在这里，我们的确能感受到被冲刷、挖掘、掩埋的气息。恐怕如今的置石分布，和刚建成时已经完全不一样了。不过，就算石块分布有了些许变化，但只要它们曾被正确放置在水流过的地方，这种设计就必然体现了第三种动态。石块随波逐流滚动到某个位置，就此固定。置石的现状正明显地体现了这种感觉。这座被苔藓覆盖的小山谷，正表现出了

西芳寺从向上关到洪隐山的陡峭石阶的三种动态。中图为须弥山置石组合，下图为影向石附近的置石组合，让人想到流水

流动之相。可以肯定地说，这种深奥的美就是西芳寺下层庭园的核心。

上面介绍的置石组合看似完全属于大自然，但很明显，它们是由反自然技法重组而成的。

看出从自然到反自然的变化经过绝非易事，但是听罢下面的解释，大家应该就能立刻了然于胸。

假设庭园外的自然中有坍塌的岩石形成的山体景观，且极具魄力，很有看头。你恨不得直接把它装进框里，原封不动地搬到园子中。然而，从艺术作品的标准去评判它，那份魄力便消失殆尽，让人大失所望。要把自然景色转化为艺术，必须从中选出或添加几个元素。总而言之，要有改动，重新组装。这是不可或缺的条件。

如果这样解释还是有些难懂，那我再用“画作”打个比方。假设你面前有一片美丽动人的风光。要是你把风光原原本本地画下来，不做任何加工，那幅画肯定索然无味，而且根本无法传达实物带给人的感动。

风景明信片也是一个很好的佐证。明信片的确能帮人们回忆起名胜风景，但未身临其境的人绝不会为一张明信片感动。大家应该都有类似的经验。简单照搬是很无聊的。

换言之，依赖自然不仅算不上艺术行为，还会糟蹋自然给人的触动。

人们对庭园有一种强烈的先入为主的意念，认为只有再现自然，保留自然原貌，才是庭园的理想状态。所以技术层面的自觉往往会被忽视。若真想创造新鲜的感触，或从庭园汲取这种感触，就必须牢牢抓住这一点。

即使将自然视为绝对，呈现它最原始的模样，也要先将其从所处环境中分离出来，进行改写与替换。反自然的抽象作用是不可缺少的大前提。只有经历这一环节，并成功重组的作品，才能为观者带去感动。这是艺术亘古不变的定义。

过去的遗产？今日的创造？

从否定的角度重新审视

作为一名活在当下的日本人，我借助双眼与身体，亲密接触中世的日本庭园，并与大家分享了我的直观感受与观察到的问题。

这个过程中我收获良多。此前的章节中，我与大家探讨了日本庭园令人惊异的造园技法与现存的问题。与此同时，也产生了些许困惑。

前面列举了过去艺术的杰出之处，它们真的只属于过去吗？我从今日庭园的状态出发提出了若干问题，这些是否可以视为我发现并创造的今日新传统呢？

如果过去的作品中丝毫没有能吸引、提升我们的元素，今人也不可能燃起任何激情。如果它们徒有形式，毫无内涵，我也没必要在这里长篇大论。

古老的庭园中，的确隐藏着能给人强烈震撼的东西。虽然它们被复杂而令人失望的条条框框掩盖，但只要用心挖掘，它们就像沙堆中的宝石，深深地吸引并刺激着我们。

更贴切、更正确的说法是——

我没有将庭园视作过去的遗产，并发掘出杰出的艺术本质。若遵从一贯的方法去欣赏它们，就流于形式，毫无趣味可言了。若能用力抛开它们，与它们激烈对决，从否定的角度重新审视，就会突然看到这些庭园截然不同的一面。在这一刻，庭园仿佛化身为全新的当代价值观，被重新创造。

即使我前面介绍的几座庭园话题十足，但如果站在常规角度看，也不会收获任何惊喜，只是觉得和其他老套庭园别无二致——看过我写的东西，可能会有读者抱着很高的期望去参观。但除非你彻底转换了思路，否则很有可能失望而归。也就是说，这些庭园中蕴藏的价值必须靠“否定”激活。

我指出的问题，迄今为止从无人提及，甚至没有人意识到。从这个角度看，这些问题是庭园本身没有的，说是今日的创造也不为过。

慈照寺的银沙滩也好，西芳寺有动感的置石组合也好，借景的辩证法意义也好，我的种种诠释都是秉持传统观念的庭园爱好者意料之外的。他们也许会认为我在自说自话，觉得这些观点不知天高地厚，大错特错。

或许人们建造庭园的初衷与最初设想，也不是我想的那样。但我压根儿无所谓。那些秘密都属于过去。别说是我，就连持反对意见的专家也无法证明孰是孰非，甚至没有必要证明。

我在前面说过，对我们来说，过去不过是一种借口。必须背负的责任只存在于当下。既然如此，没必要因为过去限制自己的精神活动，更没必要把自己困在观赏的规矩里。

过去的形式真叫人吃不消，这些条条框框还包含着大量毫无意义的东西。不过其中也有一小部分有潜力的。虽然不会自己发光发亮，但若能彻底转换视角，将全新追光打在它们身上，就可能释放出有现代色彩的光芒。关键在于如何辨别，如何发现。过去已逝，却能在我们手中焕发新生。

要用正确的方式亲身碰撞过去，利用从过去提炼出来的，以及今天的生活能从过去得到的一切，再赐予它们新的生命。要毫不留情地否定形式化的过去。只有带上创意，才能从本质上让现在与过去相连，从而正确地继承传统。

最后想和大家聊一聊我对中世庭园感兴趣的原因，以及庭园艺术在普通文化领域的价值，为我的“庭园论”画上句号。

阿尔普与点景石

跟大家分享一些陈年往事吧。年轻时,我在法国生活过十多年。巴黎是一座石头打造的古城。与欧洲艺术家一同工作时，我总会明显地感到自己是个日本人。

每每听到有人评价我的作品“有日本味”，我都略感困惑——年少时离开的祖国究竟是怎样的？日本人和日本文化建立在怎样的独特基础上？又将朝哪个方向发展？

这些问题其实是对自身的本质发问。无论愿意与否，上述感受都会深植我的内心。

当然，它和国内日本人的“日本人意识”完全不同。还在日本生活时，幼小的我就对传统主义色彩浓重的日式观念心生厌恶。战前国内所谓的日本人意识也让我十分反感。同时，我又不认为欧美人站在外部拽出来的东西，从真正意义上抓住了日本的本质。

让·阿尔普（法国画家、雕刻家。自达达主义出发，以独特的形式将抽象与超现实两种相反的元素结合，打造出诡异而鲜活的雕塑作品。）的工作室位于巴黎郊外的莫东山头。二十多年前，我在那里和他进行过一次关于艺术论的漫长讨论。

阿尔普从藏书中拿出一本大开本的图册，摆到我面前——那分明是德语版的日本庭园写真集。他一边热情地翻着书页一边告诉我，日本庭园中蕴藏着令人惊愕的高水平艺术，放眼世界，再找不到第二个像日本这样将杰出的美感融入生活的国家。还说日本庭园为他的创作提供了宝贵的佐证。

我瞠目结舌。阿尔普感慨万千地指给我看庭园中的飞石——那飞石的样子的确有阿尔普的特色。他是当时最前卫的先锋艺术家。没想到他的表现手法，竟和数百年前日本室町、桃山时代的审美如此契合。当然，阿尔普和那些点景石没有任何关系。他创造那些前卫作品的时候还没有见过日本的庭园。这是多么奇妙的巧合啊。

在这以前我早已认定日本的古典专搞形式主义，是过去的情趣。没想到在我不屑一顾的历史中，还有如此鲜活的、将现代性课题直接抛给我们的文化内容。

被阿尔普这个西欧人当面指出日本古典的出色之处，确实令我意外。不过我也清楚地认识到我们的立场不同。他是站在外面往里看，而我本身就是日本人。一边化解其中的矛盾一边与他交流，甚至让我感到肉体上的痛苦。

阿尔普钦佩古老的日本庭园中的点景石，我对此一点意见都没有。我能理解这种纯粹的感动，也觉得他有这种反应理所当然。毕竟这是西欧近代文化从没想过的美学。如果日本庭园让阿尔普惊奇，让他感受到发现的新鲜，那对他本人也是很大的提高。

京都里千家茶庭的飞石

可我的情况就不一样了。对年轻的日本人而言，日本庭园承载着外人绝对无法想象的历史与传统的阴暗和沉重，让人无法呼吸，哪怕再好，我也受够了。

在阿尔普看来，日本庭园是当下的课题。可是对我们日本人来说，它不过是过去的排泄废物。换言之，我们从截然相对的正反两面出发，与同一样东西碰撞，造就了两种截然相反的态度。

二十多年前，我虽然能清楚感受到这些，却对日本的古典一无所知。眼看着阿尔普把照片摆在我面前，却无法理清复杂的心绪，也没能给他和自己一个具体的答案。

不过，这件事点燃了我的激情。我逐渐产生了一个念头：不借鉴阿尔普的视角，更不能借鉴传统派的视角。我要站在现代日本人的立场上，重新审视日本的古典。

无论如何，都要用我这一双“与众不同的眼睛”看个清楚。无论是古老的还是新鲜的，我都要亲眼见证、亲手触摸今天的日本在世界中的本质。也就是说，我要亲自与传统一决高下。

最终，我在难以抑制的激情驱使下，毅然回到日本，只为与这个国家的本质激烈碰撞。

或许有点跑题，但我想顺道分享一下刚回国时印象深刻的事。

阔别已久的日本街景，比我想象中更为杂乱。无论是历史层面，还是经济层面，呈现这样的状态都无可奈何。但当亲朋好友带我去各处的日本料理店吃饭时，一种分外诡异的感觉向我袭来。

也许这就是所谓的“日式风格”吧。

每家店的壁龛柱子都歪歪扭扭。家具、餐盘、小碟子也透着一股小家子气，精巧到令人作呕。起初我真是浑身难受，好在最近已经习惯，不那么介意了。菜肴摆盘当然是要讲究的。色香味俱全固然好，可是除了极少数个例，在菜肴上花的心思都没有让人特别愉快。

老成世故，小巧做作，自以为是。一想到日本生活的传统情趣被这种“日料店式审美”代表，我就怒火中烧。问题是，人们已经莫名其妙地认定，那就是和风的象征。这无疑是一种扭曲。

岂有此理。日本肯定有比这更健康、更诚实的文化，那才是我想接触的。这件事坚定了我的信念——一定要直面过去的真正模样！

于是我立刻动身前往奈良和京都。

我在奈良得到了心灵的救赎。那里的景色宏伟而庄严。现存的基石让我想象出宫殿当年的规模，流传至今的美术作品，也不难让人想见当时的文化——完全没有现代日本特有的卑微，却有足够的重量与力道，足以与欧洲石文化中的经典平分秋色。这大大出乎我的意料。

不幸的是，好容易燃起的希望，被京都狠狠泼了一盆冷水。

这座城市形式小巧、素雅，还有始于室町时代的、极富情趣的细腻，这些都让我反感。说刚才提到的“日料店式审美”的源头就在京都也不过分。我愤怒地认为日本文化的堕落就是从这里开始的。如前所述，我满怀期望前往龙安寺，现实却给了我无情的幻灭。我甚至产生了久未消散的极端情绪：“这辈子再也不来京都了！”

不久，太平洋战争爆发。我度过了长达五年的军旅生活，战争结束一年后复员回国，抱着坚定不移的信念，在从头来过的日本开启了艺术运动。艺术运动不仅限于创作，还要挑战每天面对的现实，生活的方方面面都须付出努力。

自此，我时刻与现代日本社会的各种不合理、让人反胃、无意义与难以忍受的情绪碰撞，这是以前做梦也想不到的。再难受，也得顶住压力往前走。决不能认输，而是要全盘接纳、超越现实的不如意，并抛出现实层面上的问题。不管一己之力是否足够，都要与之正面交锋，负起责任来。这就是我的观点。

如果贪图清爽的环境与舒心的生活，我大可回巴黎去。不干涉他人的生活是巴黎市民的常识。那边的人更落落大方一些。而且要是成了“外国人”，就更自由了。可我特意选择留在日本，因为我想继续战斗。

下定决心后再看过去的文化，就会发现它们明明没有变化，却呈现出截然不同的面貌。无论好坏，京都都为今日的日本文化奠下基础，成了现代日本文化的源泉。我这才明白，自己一定要亲眼审视这座城市，不能单纯把它当作感兴趣或崇拜的对象，而是要立足于日本的文化、传统与宿命，以全新的视角审视、改革它。

对我而言，这不仅仅是评判好坏的问题。我一度否定、百般厌恶的京都，竟在此时让我萌生强烈的兴趣，甚至感受到这座城市的魅力。

所以我才首先关注中世到近世初期的庭园，并投入大量时间与精力走访。中世可谓日本历史的黑暗时代，但今天的日本文化在形式层面呈现的样式，几乎都是在那时固定下来的。所以中世存在许多需要我们挖掘、厘清的问题。在之前的章节中，我已经就这一点进行了分析。尤其是庭园中的生活审美观，从江户时代就以非常纯粹的状态一脉相承至今。虽然保留至今的庭园已经和刚建成时大不一样了，但我们能根据现存的样貌想象当年的气氛与规模，甚至感受到曾经住在园子里的人的呼吸。

批判当然是必要的，可我决定先让自己心无旁骛地深入庭园，重新审度。于是，它们不同以往的侧面渐渐呈现在我眼前。

好比龙安寺石庭吧，之前提到，初次造访时我失望至极，可重新审视时，它给我留下了完全不同的印象。

还不错。打造出这样的氛围，肯定需要相当了得的精神力量与品味——我竟逐渐读懂了石庭的趣味。

为什么一度对它幻灭的我又重新觉察到了个中精妙？这其中依然存在许多问题。

艺术层面的“非本质”

第一次去龙安寺的时候，我的期望很高，做了相当多的思想准备，想与石庭尽情碰撞。期望越大，失望越大。这一次，我去之前只想着“它没什么大不了的”。期望值设得很低，反而能安心品味隐藏在庭园中的细腻技法。针对日本艺术的本质，批判当然是有必要的，但这一次我怀着某种同情，将个人情绪压下来，让自己深入庭园。刁钻刻薄点说，我品到的好，也许是从心的空隙渗进来的。

仔细想来，被今人视作传统与古典、煞有介事去赞美的艺术，不都是如此吗？如果认为它们是艺术的本质，与之正面对决，就会感到幻灭。但稍微放低心态，换一个角度互相体察对方的心思，自然能品出其中的好，也能安心了。细腻的技艺特有的味道顶不住严峻的碰撞与冲击，只有双向限定自己的情感，才能咂摸出味道来。

艺术的字典里没有同情,也没有宽恕。唯有全力与它发生冲突。能震撼全身、抓住人心的，才是真的魄力。

庭园里很难找到这种有现实意义的、无条件的魄力。它的情趣色彩太过浓重，无法让人将它视作本质的艺术。

听到这种观点，大家可能认为我是站在现代艺术立场上，毫不留情、毫无道理地批判古典。可是回顾庭园的发展历程，你就会意识到我所言不虚。想当年，建设庭园的是贵族、武士和僧侣。就连这些人也从未将之奉为本质的艺术。庭园本就不是怀着激情，用精神主动碰撞、对决的地方，也不是生活的正面。

在封建时代，即便身居高位也不会像今人想象的那般自由。将军与大名恐怕也不例外。他们的身份很特殊，还要受到各种社会规则的严格限制。最关键的是，他们无法冲出这个封闭的世界。于是，内部的相互碰撞就更复杂、更奇怪，也更严重了。从镰仓到室町，就是一段凄惨的相克史与杀戮史。光是遥想这一段岁月，便知道统治阶级的生活也不平安喜乐。无常就是这个时代的宿命，建立在这种生活之上。

唯一能让他们享受到些许自由的，就是大自然，所以当时的统治阶级都想舍弃尘世，与自然为伴。这种思想还能让人联想到中国的隐士、佛教的修道僧等有求道色彩的元素。话虽如此，庭园却不是任人心绪驰骋的所在，相反还是让人安静发呆的地方。

人们不会在庭园中挑战自然、与自然激烈碰撞。庭园中的自然是人工创造的，但它是现实世界中受伤的人的心灵港湾，是只属于自己的天地。宁静的庭园可以为人疗伤，给人慰藉。

所以，当年的庭园反映的是人们消极的精神生活。

封建时代的庭园也有一种独特的生命力。不是积极的超越、创造或针锋相对，而是用强韧的精神意志面对看破红尘的消极。换言之，这种“负面的积极”也成了封建艺术的一大特征，中世的佛寺就明显有这种倾向。

西芳寺的庭园就是这种负面美的代表，像它这样让人强烈感受到孤独与冥想氛围的地方，恐怕找不到第二处了……所有的声与光都被铺满苔藓的庭园吸收，石头躺在透明的寂静中。每一块石头的挑选都无比严谨，配置呈现出正确的美感，其他庭园望尘莫及。

然而，这种积极终究是唯心的，只局限在狭小的冥想领域。和今日的、全新的、本质的艺术不在同一个世界。本质的艺术作用于现实人生，从正面实现创造与变革。审视庭园时，必须先把这一点放在心上。

细细想来，庭园还算是好的了。日本的中世和近世有太多太多被今人视作艺术，其实只是非本质的艺道的东西，如茶道、花道和俳句。当然，争论庭园、茶道与花道究竟是不是艺术没有任何意义，它们完全有可能成为杰出的艺术，最终却没有发展到那个地步。这是长久以来的封建性和以锁国为基础的恶劣社会条件使然。

但请千万不要误会——常有人高举什么“第二艺术论”，大肆探讨某种艺术是否触及根本。我无意给艺术分三六九等，反正那些庭园都是过去的产物，无论它是能否体现艺术的本质，我都无所谓。

正如我反复强调的那样，问题的关键是如何从当下出发，聚焦庭园。要是认定庭园是背面的、非本质的，就此结束讨论，那这个结论没有丝毫深度可言。

不应该纠结古人建设庭园的动机，而是要以今日的艺术为立足点，从更严肃、更高层次的立场出发，与它激烈碰撞。

每个时代都有经得起这种对决的东西，唯有这样的内容，才能化作传统，为后人传承。

第5章

传统论的新展开——无限的过去与受限的现在

我一贯认为，“传统”一词极具革命色彩。一旦冲破陈旧的形骸，那些陈腐内容——人类的生命力与潜能就会绚烂地绽放、铺展开来。传统，就是这种变化的原动力。

传统不同于旧习，它必须活在我们的生活与工作中，从现在的人生意义出发，有效地理解过去，重新评估它的价值。在此过程中，过去会转化为新的问题浮出水面。新时代无时无刻不在重新审视过去，只有经过“否定性的肯定”，过去才会被赋予价值，成为传统。因此我们完全可以说，传统不属于过去，应当属于当下。

可长久以来，人们习惯把传统放在封建道德体系与封闭的工匠行业中理解，把它看成陈规旧制。即使在今天的大多数时候，传统依然是学院派权威用来维护自身地位的工具，发挥着保守的作用。出于对这种毫无意义的卖弄的愤慨，我写下了《传统即创造》。书中饱含我的激情，也是我艺术活动的作品之一。

我原以为自己的革命性传统观之激进，必然会遭到强烈反对。没想到曾与我对立的人居然也认为我说得挺有道理，向我妥协了。大吃一惊的同时，我忽然意识到，也许日本人总把“传统”二字挂在嘴边，却没有一个强大的、贯穿古今的传统观念。

说起传统，人们就像取到恶鬼的首级一样得意，殊不知这是明治后期才出现的新词，译自英语“tradition”。传统主义者总爱摆出一副权威的嘴脸，列举一大通所谓的传统，其实那些东西并未在新日本的血肉中留下决定性的痕迹。人们视作传统的东西被捧得越高，就越不新鲜，越与新生代无缘。无论内容还是样式，都是如此。在之前的章节中，我已经用许多实例向大家一一证明。它们不禁让我怀疑：日本是不是压根儿就没有传统？

“传统”一词诞生于明治时代，是当时的官僚为了对抗排山倒海的西欧化浪潮和随之而来的近代社会体系赶工拼凑出来的。

西方有美术史，我们也得有——在这种念头的驱使下，官僚们套用西方形式，套一个看上去差不多的玩意儿。然而，那不过是简单的应用。明治初期高喊废佛毁释时无人问津的寺院与佛像突然被定义成“日本艺术的根源”，只因为它们可以对应西欧文化史中古希腊、古罗马的雕塑。这么说来，桃山时期对应的就是文艺复兴了——巧了，刚好能对上！这样的“文化史”分明是生搬硬套的产物，没有世界观与传统观贯穿其中，其实和三题相声[①] 差不多。

虽然这个文化史东拼西凑、粗制滥造、徒有形式、只顾卖弄，耐不住有文部省撑腰，将它推上权威宝座。于是它就成了强加在国民头上的范本，由不得人说一个不字。虽然看不懂，但它一定是好的，这毋庸置疑……多么可悲！然而，这个国家的学者、艺术家、文化人都很习惯这种官僚主义氛围。事情一旦被敲定，便无力回天。

问题是，就算那些人为确立的“权威”装出一副权威的样子，它们也不可能拥有真正的传统力量。这也许就是日本人明明对旧事物有极大的依恋，却消极对待传统的原因：所谓的“传统”与大众生活无关，是人工制造出来的，没有一丝一毫的激情。官僚选定的东西才是权威的传统——还有比这更屈辱、更荒唐的吗？

让我们具体分析一下。大家不妨做一个设想——

假设你想当画家。进艺术大学这样的科班路线自不用说，几乎所有立志成为画家的学生，都要从临摹希腊石膏像学起。临摹一阵子之后，再开始用油画颜料，学习西欧十九世纪的学院主义画风。他们日思夜想的不是浮世绘与雪舟[②]，而是凡高和毕加索。起源于古希腊、古罗马的西欧传统，反而成了学生们现实生活中最

---

①类似于单口相声，表演者根据观众给出的三个题目即兴构思一个故事表演。

② 1420－1506，日本画家，作品广泛吸收宋元及唐代绘画风范。

关注的焦点。这到底算怎么回事呢？

文学领域也是一样。大家都说《源氏物语》是日本最引以为傲的作品，把《新古今和歌集》和俳句捧上了天。可是真正热爱它们、为它们感动的人能有几个？又有多少人的人格建立在这些作品之上？每个知识分子年轻时都为司汤达、瓦雷里、陀思妥耶夫斯基、萨特、卡夫卡或福克纳等外国作家着迷，灵魂被他们的作品吸引，性格也受其影响。这些人的作品甚至激发了读者的创作欲望。音乐方面也如出一辙，喜欢某一代常盘津文字兵卫[①]多过贝多芬和肖邦的年轻人，怕是打着灯笼也找不到。

那我倒要问了，哪边才是我们的传统呢？

其实我们是在孕育近代文化的西欧文明的哺育下长大的。如今这代人穿洋装、坐电车，也是不争的事实。人们从小学习、掌握的言谈逻辑和理解方式，也在西欧的近代思维体系影响下形成。做出判断、日常生活和构筑世界观时，也都以这套思维体系为基础。

我无意表明这种状态是正确或异常，只想告诉大家这就是事实。换言之，我们必须直面这个现实：别看那些权威说得煞有介事，其实我们并没有血统纯正的传统。

如果传统像我刚才所说，是活在当下、能在当下被赋予价值的东西，那么于我们而言，传统就会呈现出截然不同的面貌。

---

①常盘津节三味线演奏者代代相传的称号。

传统不局限于日本有过的东西——这么想才更现实，不是吗？完全没有必要吝啬地限定自己继承遗产的范围。为什么一提到日本的传统，大家就只能联想到奈良的佛像、茶道、能乐、《源氏物语》等已经失去现实效力，与今天的生活毫不相干的东西呢？我们的传统明明不那么狭义。管它是希腊还是哥特，是玛雅还是非洲呢，放眼世界，人类文化的所有杰出遗产——要汲取哪些，舍弃哪些，自然都是你的自由。我们看到的、听到的、能了解到的，能以某种形式因它感动、能受它刺激、能通过它形成新的自己，将它转化为现实根基的……只有这样的东西，才称得上真正的传统。

所以我们应该把范围无限宽的过去统统看成传统。从这个角度看，日本的那些旧玩意儿离我们反而更远。以此为鉴，可以清楚地看到自己的弱点。所以我们反而会厌恶所谓的“日本味儿”，把它们推到一旁。一定要直视这一点，绝不能自欺欺人。

一九五六年我发表《传统即创造》时，某位批评家如是说：“我很同意这本书的传统论，唯一不敢苟同的是‘西方的传统也要全盘接受’这一点。”但我刚才也说了，从某种角度看，我们今天正生活在一个共通的世界中，全世界的因果都与我们息息相关。只有与之正面交锋，才能立足于脚下的基础，创造全新的文化。我坚信，这才是人生的意义——传承人类传统的同时，让它绽放光芒。

但如果真是这样，就有些不对劲了。

雅典卫城、金字塔、古墨西哥神殿、中国商周的青铜文化、佛教艺术、哥特、巴洛克、浪漫主义……如果这些都是传统，那岂不等于“没有传统”吗？

既然用“传统”一词加以区别，就说明这应该是一小部分有限定性的内容。如果什么都是传统，那还算哪门子的传统呢？于是问题又来了：是什么限定了传统，将它和其他东西区分的呢？这个问题是有明确答案的。我还认为，新传统论的关键就在于此。

我想提出一个和大众心中的传统观，以及与之相对的世界性完全相反的问题。

迄今为止，大家总认为传统是特定的、狭义的，好比京都的传统、萨摩的传统，再扩大一点则是日本的传统、东方的传统，与之相对的就是西方的传统。人们会用人种、国籍或民族之类的框架截断过去，将它限定在某个范围内理解。而封闭的框架与制约，与开放的世界性正相反。延续被这些框架局限住的世界，传承其特殊性，就是传统要做的事。可恰恰相反，我们面临的是无限开放的全球化的发展态势——这就是人们对传统与现代文化的普遍观点。

但这不是正确的态度，我的观点完全相反。现如今，过去才是宏大的、向全世界开放的。我之前也说过，不能被民族、国别这种狭隘的框架困住。所有当下的感动、成为今天丰满血肉的过去、以当下的感动吸引我们关注的一切，都是我们应当继承的遗产。

对于接受遗产的人来说，遗产是无限开放的。

如果真有什么东西在用力框定、限制我们，也应该是当下和现实，而非过去。听上去可能有些矛盾，但这就是真相，是今日的传统以及由此引申出的艺术的关键问题。

时代赋予我们的，我们面对的、无法逃避的各种现实条件，都非常特殊。

我们拥有针对现代文化艺术的宽阔视野，可以讨论最前沿的问题，也知道今日艺术必须履行的职责。但不可否认，以纯粹的形式让这些东西开花结果实在很难，因为这个世界条理太少，障碍太多。即便心中勾勒的梦想无比美好(勾勒梦想是每个人的自由，当然也是好事)，我们终日切身感受到的仍是隔壁家太太的脸色，和小巷中弥漫的尿味。

放眼望去，尽是杂乱无章、索然无味的街景。突然，号称世界第一的东京铁塔出现在视野中。这座城市有一碗五十日元的拉面，有交通事故，有长岛茂雄[①] 的本垒打，有税务局，有黑幕选举，有贪污官僚，有不知廉耻的议员……什么都有。打开收音机，就会听到恶心的歌谣曲。随手推开窗，就会看到别人家的烟囱和晾出来的脏衣服。

由此而生的憎恨、哀伤、滑稽——这种难以言喻的感觉，就

① 1936－ ，日本职业棒球选手、教练，参赛时斗志昂扬，展现出极强的竞技精神，得到国民的大力支持与肯定。

像把咖喱饭、红豆汤圆、奶酪、叉烧面都搅在一起。这一锅杂烩，就是我们生活中的风土人情。

这类风土人情只在这个国家才行得通。换言之，它极有日本特色，只发生在某个特定的场所和某个特定的瞬间，是非常有局限性的特殊现象。与被升华过的宏伟、无限精彩的过去一对比，便显得分外无聊，说荒唐也不为过。

这特殊的现实和世界没有任何关系，与艺术文化的理想相距甚远；我们每天都在和这样的环境、条件对决。这是我们的责任所在。有局限的现实再荒唐、再小家子气、再让人无奈，都无法将其抽象化或舍弃。这份烦恼、悲伤、痛苦与喜悦是每一个人都要面对的困窘，也是套在整个共同体和民族上的框架。

面向世界创造，就必须与这种特别的现实激烈碰撞，回避是不可能的。这种特殊性与劣势反而是通往可能的钥匙。但还是有许多创作者看不起或试图逃避这条充满困难与矛盾的路，这就是所谓的现代主义者与冒牌货大行其道的原因。

创造本就非常特别。它是一项孤独的工作，几乎只能由自己完成。而且我也说过，如果受到局限的特殊环境是创造的基础，创造出的东西自然也格外特殊。超越自己，其实就是极端地进入自己，除此以外别无他法。

即使这是一个开放的世界，允许人们将全部过去以遗产的形式继承，自由地拥有；你继承的一切也将在狭窄的出口遭到强有力的过滤。在这一瞬间，过去被某种逻辑赋予意义，传统就此显现。

在我看来，我们应该将过去贪婪地拓展到无限大，同时把现在的特殊性局限到极致。就像往袋子里灌满空气，再把袋口扎紧一样。这个袋口，就是现在的自己。鼓鼓囊囊的口袋里，装着全世界的遗产和丰富绚烂的宝藏。袋口扎得越紧，喷出的空气就越猛。喷气的过程就是创造，袋口的状态，就是原创性与创造的契机。换个角度看我刚才说的“现实的特殊性”，你就会发现它其实是一件好事，极大地提高了袋口的独创性。

然而，过去那些传统主义者的思路正好相反。他们高举传统大旗，将过去框定得十分狭隘，却认为现在是无限开放的。这种逻辑说白了就是：我们是日本人，所以有千利休的审美，有奥之细道的情怀，有触景生情的细腻和幽玄的品位。我们要以这些东西为基础，创造在世界舞台上也行得通的作品。袋子勒得紧紧的，却敞着袋口瞎炫耀，有什么用呢？只会装腔作势，不可能孕育出猛烈的创造力。

日本历史的遗产没有成为推动力，反而成了束缚我们的枷锁。很有必要动一台大手术，把局面扭转过来。

日本现代文化拥有数不尽的宝藏，却把自己搞得低三下四。以全新的视角诠释传统，有助于将日本现代文化拽出死胡同，并将其痛快有力地推向世界，这是我们当下必须要做的事。

附录

角川文库版 序

人活着的每一个瞬间，都应当审视自己的身姿。

透过那面镜子，能鲜明地映照出我们的模样。在此，我庄重、诚恳地挖掘出若干深有感触的东西，揭示了它们的秘密。过去宽阔无边。每个人都应该从中获得共鸣，发现自我。

本书初版于一九五六年发行，从各种层面上对现代日本提出了探问。我想将这些问题定位为永恒的、实际的课题，与新读者一起探讨。

各篇发表时间如下：

《传统即创造》一九五五年十二月《中央公论》

《绳文土器》一九五二年二月《水绘》

《光琳》一九五〇年三至五月《三彩》

《中世的庭园》一九五五年六月至一九五六年一月《草月》

《传统论的新展开》一九五九年四月《文学》

一九六四年三月

冈本太郎

讲谈社现代新书版 序

何为传统？提出这个问题，就是试图挖掘、理解自身的存在根源。人们往往视传统为过去的遗产，怀念一下、品味几分就完事了。我很反感这种态度。不如说，传统既是需要我们对抗的敌人，又是我们自身——应当以这种激进的态度去理解传统。

过去虽然是过去，但它没有消逝，也不会完结。过去是值得从创造的角度回望的每一个瞬间，是我们的责任。要倾己所有去挑战过去，将之升华到新的层次。过去需要我们去创造。这话听着可能有些奇怪，但是我一直认为，只有一个个瞬间重塑起的过去才是鲜活的，才能化为传统。

比如本书聚焦的绳文土器。

二战结束后不久，我首次接触到这种文化。它的激烈与震撼让我感动，甚至全身发抖。我对它的美赞不绝口，认定这才是日本人生命的根源。这样的观点让许多人大为惊讶，觉得莫名其妙。因为在我之前，根本就没有人说过绳文土器是美的。人们当然把它当作考古学的史料去研究，但它从来都不是鉴赏的对象，而是奇形怪状的代名词。甚至有学者认为，绳文土器不是出自上古时代日本人之手，而是其他原住民留下来的。人们普遍认为，日本美术史始于弥生土器和土俑，它们细腻与温和的简明，才是日本美的传统。

不过我的观点给了世界欣赏绳文土器的契机。自此，认可绳文之美的人越来越多。也许是我的感动与激情，让大家察觉到了早已潜藏内心深处却迟迟没有发现的东西。如今，绳文土器已经上升为日本引以为傲的原始艺术。翻开美术史书籍，它占据的篇幅比弥生更大，对它用的笔墨也明显更为细腻。“绳文式”一词甚至走出美术领域，成了通用词。

绳文成了日本的新传统。

大家常把我尊为绳文土器的发现者，可我并不是把它们从土里挖出来的人，不过是给大家创造了一个价值转换的契机而已。

遥远过去的遗产，在现代激情的催化下焕发新生。只有用勇于斗争的姿态创造新现实，传统才有其意义。用新鲜有活力的双眼审视过去的瞬间，自我的面貌也会焕然一新。

现代社会面向未来，志存高远。正因为如此，不祥的反作用力才会步步紧逼，这是不争的事实。难以名状的虚无让人绝望。今天的我们更要追溯人类存在的根源，为了抓住人生原本的意义，要去挑战那些曾被抛到脑后，但依然鲜活地留在心中的东西。

一九七三年一月

冈本太郎

解说“创造之眼”

冈本太郎于一九五六年出版了《传统即创造》。

先一步于一九五四年出版的《今日的艺术》以强大的冲击力一举成为畅销书。冈本太郎的观点超越美术与艺术的领域，震撼了全社会，改写了很多读者的人生轨迹。

书的最后，他发表了一段对传统的见解。

> 不能认为传统是属于过去的东西就放松懈怠。传统需要生活在当下的我们重新创造，这就意味着不断的否定和超越。这话听上去像是悖论，在逻辑上却无可辩驳。
>
> 其实传统和艺术一样，只有不断否定过去，才能焕发活力。如果认为传统只属于过去而不去承担自己的责任，一味依赖

传统，就等于把传统“古董化”，扼杀了它的生命力。极端的传统主义者横行于世，在极大程度上妨碍了年轻人挥洒热情。到了今日，我们必须怀着强烈的超现代意识，根除错误的传统意识，主动负起自己的责任，创造出全新的文化。

这段话直截了当地呈现了《传统即创造》的内容与主题。

希望冈本太郎早日出版新书的呼声越来越高。当时他刚搬到青山，开设了现代艺术研究所，并以此为基地，试图掀起艺术运动的浪潮。同一段时间，他还操刀制作了东京都厅大楼的十一面陶板壁画，又为松竹中央剧场与大和音乐厅绘制大壁画。如今回过头来看，他当时的日程紧凑到了极点，真叫人纳闷他是怎么撑过来的。这种状况下，他还挤出时间遍览神社寺院，参观中世庭园，写就了传统论。

除了文字，书中配图也是他亲自拍摄的。

事出有因。他在一九五二年发表了绳文土器论，但刊登稿件的《水绘》杂志表示：“冈本老师虽然是艺术大家，但在摄影上终究是门外汉。我们好歹是美术杂志，不能刊登外行拍的照片。”其实那时冈本太郎已经准备了一些照片，但编辑部还是请职业摄影师出马拍了几张。那些照片的确拍得很漂亮，光打得又均匀又到位。可他们拍的，并不是冈本太郎看到的东西。

“我要的不是这样的照片！我根本不在乎什么细节，而是要更突出立体感，让它更逼真！”

于是编辑部请摄影师重拍，可惜职业摄影师拍的终究是漂亮的“摄影作品”。无奈杂志有截稿期限，最后只能将就着用。

冈本太郎痛感，不能用别人拍的照片，这样无法传达自己真正看到的东西，和想要突出的感受。

所以编撰本书时，无论是绳文土器、土偶还是中世庭园，除参考照片之外，每一张都由冈本太郎从自己拍摄的底片中精心挑选。他还在序言中明确写道：“为了更加明确地佐证我的观点，并一以贯之，书中的土器、铜器和庭园照片都选自本人拍摄的作品。”可能有人觉得书里用的配图没必要这么考究，但我认为这些照片反而证明了冈本太郎摆在各位面前的这本《传统即创造》的性质，它和打着传统旗号、重重压在大家头上的那些教条模式化的常识迥异。可见本书的革命色彩何等浓重。

换言之，这本书不是古代美术作品的解说，也不是为了赞美它们诞生的。“日本以前有过这样好的东西。瞧，它们多棒啊，多漂亮啊！”——这当然不是本书的主旨。挡在充满激情的年轻日本面前的，是因循守旧的传统主义。本书有如一场彻底颠覆传统主义的恐怖袭击，将其比喻成炸弹也不为过。

冈本太郎创作这本书时，还没什么人会去庭园参观。哪里的庭园都是静悄悄的，打理得也不太好。但这略显荒废的氛围，反而加强了自然的凄怆，激发了他的热情。

除了京都及周边，他还去了小泉的慈光院、中将姬的当麻寺、越前朝仓府汤殿遗址等地，积极参观各处的景致。

冈本太郎审视庭园的角度，与所谓的造园师、学者、风雅之士惯用的定式、规矩和文献截然不同。他的视角前卫且现代，他的观点是各个领域通用的犀利且高水平的技术论。在他之前，从没有人从这种角度分析过庭园。他的切入点是全新的，一针见血。

而且冈本太郎的行文风格非常细腻，兼具情理。将犀利的观点温柔地包裹起来，让读者看得很舒畅。此书的说服力，只能用“卓越”二字来形容。

冈本太郎的绳文土器论彻底改变了日本人看待历史的态度，相较之下，他的庭园论就没有那么深入人心了。这主要是因为普通人很少有机会仔细观察、揣摩庭园。虽然书里的说明细致而精准，但很少有人能切切实实地体会到。

因此，这颗炸弹成了埋在地里的哑弹。人类艺术与自然亲密接触的睿智、哲学与方法论，以及现代能运用的技术都浓缩其中，只等有人把它点着的那一天……

今时今日，自然等大环境正逐渐引起人们的注意，演变成愈发重要的课题。在时代的潮流下，冈本太郎的庭园论一定会逐渐被世人解读，影响力也会与日俱增。

我会密切关注这股浪潮的发展。

冈本太郎纪念馆馆长

冈本敏子

日本历史年代及文中提及年号说明

公元前 14500 年

绳文时代

公元前数世纪

弥生时代

250 年前后

古坟时代

592 年

600 年前后　飞鸟时代

710 年

奈良时代

794 年

平安时代

1185 年

镰仓时代

1331 年

1333 年

南北朝时代

1336 年

1392 年

室町时代

1573 年

安土桃山时代

1603 年

江户时代

1868 年

明治时代

1912 年

大正时代

1926 年

昭和时代

1989 年

平成时代

2019 年

※ 书中提及的年号对应的年份分别为：元禄（1688 年至 1704 年）、元和（1615 年至 1624 年）、宽永（1624 年至 1644 年）、安永（1172 年至 1781 年）、宽政（1460 至 1466 年）。历史分期对应的年代分别为：上代（飞鸟时代至奈良时代）、中世（镰仓时代至室町时代）、近世（安土桃山时代至江户时代）。

文物所在地变更一览

东京大学综合研究博物馆：1、4 、6 、8 、10 、11 、12 、19 、22

国分寺（东京都国分寺市）：2、7 、9

下总资料馆：3

明治大学博物馆：5 、13 、15 、23

不明（已查明不在明治大学博物馆）：14 、16

不明（1973 年讲谈社现代新书版出版时仍在原所有者处）：17

不明（1964 年角川文库版出版时仍在原所有者处）：18

根津美术馆（同时也是照片提供方）：20

MOA 美术馆（同时也是照片提供方）：21

静嘉堂文库美术馆（同时也是照片提供方）：24

※ 以上为 2005 年 3 月本书日文版出版时的变更信息。

Original Japanese edition published by Kobunsha Co., Ltd.
Publishing rights for Simplified Chinese character arranged with Kobunsha Co., Ltd. through KODANSHA LTD., Tokyo and KODANSHA BEIJING CULTURE LTD. Beijing, China.

著作权合同登记图字：01-2017-8385

图书在版编目(CIP)数据

传统即创造 / (日) 冈本太郎著 ; 曹逸冰译 . -- 北京 : 新星出版社, 2019.4
ISBN 978-7-5133-3133-3

Ⅰ. ①传… Ⅱ. ①冈… ②曹… Ⅲ. ①随笔-作品集-日本-现代 Ⅳ. ①I313.65

中国版本图书馆 CIP 数据核字 (2018) 第 219576 号

传统即创造
[日] 冈本太郎 著
曹逸冰 译

责任编辑 汪 欣
特邀编辑 烨 伊 王 依
装帧设计 李照祥
内文制作 王春雪
责任印制 廖 龙

出　　版 新星出版社 www.newstarpress.com
出 版 人 马汝军
社　　址 北京市西城区车公庄大街丙 3 号楼 邮编 100044
电话 (010)88310888 传真 (010)65270449
发　　行 新经典发行有限公司
电话 (010)68423599

印　　刷 北京天宇万达印刷有限公司
开　　本 710毫米×1000毫米 1/32
印　　张 9
字　　数 200千字
版　　次 2019年4月第1版
印　　次 2019年4月第1次印刷
书　　号 ISBN 978-7-5133-3133-3
定　　价 58.00元